Max Zihlmann

# Ikonen weinen nicht



KIENER

## Mitwirkende

**Marcel Geiger** (40) möchte seinen Verlagsjob aufgeben, um auf die andere Seite zu wechseln und endlich seinen angefangenen Roman zu Ende zu bringen. Die weinende Ikone in seiner Badewanne scheint ein gutes Omen dafür zu sein.

**Isabella Hohenberg** (38) fühlt sich von ihrer Kunstgalerie nicht ausgefüllt und möchte ein Kind kriegen – wenn nicht von Geiger, dann von einem anderen Mann. Könnte es sein, dass die Madonna auch unausgesprochene Wünsche erfüllt?

**Tom Rimbach** (38) alias Rimbo trinkt und schreibt Gedichte, wenn er nicht Gedichte schreibt und trinkt – oder eine Ikone mitgehen lässt.

**Achim Winkler** (42) restauriert alte Meister und befürwortet Geigers Entscheidung, allerdings mit einem Hintergedanken. In seinem Lebenskonzept haben Wunder keinen Platz.

**Julia Lopez** (26) fängt mit Geiger, der bei ihr Spanischstunden nimmt, eine Affäre an. Sie hat kein Problem mit weinenden Ikonen, dafür etliche Probleme mit einem ehemaligen Liebhaber.

**Holzer** (35) sieht sich als kaputten Typen. Er tut alles, um seine Einschätzung zu bestätigen.

**Elli und Lilli** (65 und 62) fühlen sich berufen, Rimbach, ihrem unangepassten Neffen, beizustehen, wenn auch unter verschiedenen Vorzeichen. Während Elli zu verhaltener Strenge neigt, bevorzugt Lilli erwartungsvolle Nachsicht.

**Anneliese Werth** (50) zweifelt neuerdings an der Wirksamkeit ihrer Atemtherapie angesichts einer total kontaminierten Umwelt. Da kommt eine weinende Madonna zur rechten Zeit.

**Herr Anderson** (85) ist trotz einiger altersbedingter Abnutzungserscheinungen noch offen für eine neue Beziehung. Da kann eine weinende Ikone den alten Sozialisten nicht erschüttern.

**Frau Geiger** (75) hält ihren Sohn für einen Versager, weil er, statt Romane wie Marcel Proust zu schreiben, lediglich Verlagslektor geworden ist.

**Der Künstler** (65) möchte seine schwer zugänglichen Bilder in die Welt setzen, ohne vom verachteten Kunstbetrieb belästigt zu werden. Eine Einstellung, die zum Leidwesen seiner Galeristin nicht gerade verkaufsfördernd ist.

**Isabellas Vater** (75) hat Angst vor einer Knieoperation, zu der er aus Mallorca angereist ist, und möchte aus diesem Anlass seine nicht unbeträchtliche Hinterlassenschaft regeln. Seine taiwanische Frau

**Li** (55), die ihn begleitet, lässt keine Schwermut durchgehen und vertraut auf ihr Orakel.

**Robert Lejeune** (60) verfällt in Depressionen, weil er glaubt, die Madonna bestrafe ihn dafür, dass er mit sakraler Kunst unheiligen Handel treibe.

**Ivanka Radic** (55) möchte die Madonna für sich und ihre Familie vereinnahmen.

**Felicity, die Katze** (10) ist erst krank, und dann – dank ihrer Neugier – gesund.

Geiger blätterte lustlos durch das Manuskript. Es war tatsächlich eines, mit der Hand geschrieben, ziemlich schludrig auch, vielleicht zwanzig aus einem Schreibblock gerissene Blätter, von Knickspuren durchzogen, mit winzigen Korrekturen zwischen den Zeilen, was die Entzifferung zusätzlich zum Geduldspiel machte.

»Mit Romananfängen ist's so eine Sache«, sagte er.

»Sei vorsichtig«, sagte Rimbach und streichelte sein unrasiertes Kinn.

»Du weißt nie, wie weit sie dich tragen.«

Dann war erst einmal Stille.

Es war ein heißer Tag, das Fenster stand offen, Straßenlärm schwappte herauf. Rimbach rieb sich den Bauch, der sich unter seinem schwarzen T-Shirt abzeichnete.

»Elvis« stand darauf, in den Levis-Lettern.

»Wie wär's mit 'nem Drink?«

»Oh, sorry«, murmelte Geiger. Er zog eine Schublade seines Schreibtischs auf, sah kurz hinein, schob sie wieder zu. »Hör zu, Rimbo. Das hat keinen Sinn. Ich lade dich zum Essen ein. Okay?«

»Akzeptiert.«

Sie starrten auf den Rotweinfleck, der in der weißen Tischdecke versickerte.

»Das Herzblut eines Dichters«, sagte Rimbach überflüssigerweise.

»Sie sind Dichter?«, fragte der letzte verbliebene Kellner, während er zwischen den hochgehobenen Gläsern routiniert das neue Tuch auswarf. »Mein Schwager schreibt auch Gedichte.«

»Der Schwager!« Rimbach lachte schallend. »Hat er nichts Besseres zu tun?«

»In Freizeit«, beruhigte ihn der Kellner.

Die Mittagszeit war vorbei und das italienische Restaurant war praktisch leer. Die Markise war heruntergelassen, der Raum war dämmerig, nur die weißen Tischdecken schimmerten.

Geiger füllte sein Glas. Rimbach hatte es mit einer rabiaten Geste umgestoßen, als er gerade ausführen wollte, dass er nicht an Geigers unmaßgeblicher Kritik interessiert sei, sondern ausschließlich an einem Vorschuss, der sich im fünfstelligen Bereich bewege.

»Du hast ja recht«, sagte Geiger.

Er hatte sein Jackett über die Stuhllehne gehängt, die Ärmel seines blauweiß gestreiften Hemdes hochgekrempelt, und er spürte es aufsteigen, dieses gefährliche Bedürfnis, sich gehenzulassen.

»Espresso?«

»Und 'nen Grappa.«

Geiger rief die Bestellung in den Raum und fing zu lamentieren an. Er sei nicht geschaffen für diesen Job, er habe ständig das Gefühl, auf der falschen Seite zu stehen, wer sei er denn, um an den Werken anderer herumzumäkeln, sich als Autorität aufzuspielen, die er nicht sei, er wolle den Kram hinschmeißen und endlich seinen Roman zu Ende bringen.

Der Kellner brachte das Verlangte.

»Ich kann Ihnen zeigen.«

»Was?«

»Gedichte von Schwager.«

»Lass mich mit deinem Schwager in Ruhe«, versetzte Rimbach grob.

»Gute Gedichte, alle gereimt«, versicherte der Kellner. Er schien in keiner Weise beleidigt zu sein, als er mit der leeren Karaffe und den Weingläsern an die Theke zurückkehrte.

Rimbach kippte den Grappa. Die neue Situation behagte ihm nicht. Wie sollte er reagieren? Geiger gut zureden, in seinem Job durchzuhalten, um sich seinen einzigen Ansprechpartner im Verlagswesen zu bewahren, oder ihn darin bestärken, was ja eigentlich das Richtige war, seinem inneren Kompass zu folgen?

»Was sagt Isi dazu?«

»Die weiß noch nichts«, sagte Geiger, der selbstgestellten Aufgabe hingegeben, mit zwei Fingern sein volles Schnapsglas zu schaukeln, ohne einen Tropfen zu verlieren.

»Jetzt reiß dich zusammen!«, dröhnte Rimbach in einem plötzlichen Überdruss, sodass sich der Kellner, der gerade erschöpft auf einen Stuhl gesunken war, erschrocken aufrichtete.

Geiger stellte das Glas hin.

»Trinkst du den nicht?«, fragte Rimbach und kippte auch den zweiten Grappa.

Er lehnte sich vor und redete, befeuert von den Schnäpsen, auf Geiger ein.

»Du kannst uns nicht im Stich lassen, Marcello. Wir brauchen Leute wie dich. Die wissen, wovon sie reden. Die dem System Widerstand leisten. Die bei Wind und Wetter die Stellung halten. Die uns einen Rettungsring zuwerfen, wenn wir am Absaufen sind.«

Wer ist *wir*, dachte Geiger.

Er holte das gefaltete Manuskript aus dem Jackett, legte es auf den Tisch, glättete es mit der Hand.

»Hier mein Vorschlag, Alter.« Er war wieder ganz der einfühlsame Lektor. »Ich treff nächste Woche den Rüdiger Sommer. Vom Abseits-Verlag. Kennst du ihn? Der sucht immer nach neuen Autoren. Weil seine heißen Entdeckungen zu den großen Verlagen desertieren, sobald sie einen halben Erfolg gelandet haben. Aber um Himmels Willen, Rimbo, bring das Manuskript in einen lesbaren Zustand. Wo hast du das überhaupt geschrieben? An einem Kneipentisch?«

Und so war es auch. Rimbach erzählte eine abenteuerliche Geschichte, wie er um drei Uhr morgens eine Eingebung hatte, sich von Ingo, dem Wirt, Papier und Bleistift geben ließ und, buchstäblich im Rausch, die zwanzig Seiten herunterschrieb, nur gestoppt von der Polizeistunde. Geiger kam die Anekdote zwar bekannt vor, er glaubte sich zu erinnern, dass Joseph Conrad so ähnlich seine Initialzündung als Romanschreiber erlebte, aber es sollte ihm recht sein.

»Machst du das?«, fragte er Rimbach. »Und ein Abriss des Plots wäre auch hilfreich.«

»Mein Laptop ist kaputt.«

»Dann lass ihn reparieren.«

»Ich frag Tante Lilli. Die tippt mit zehn Fingern.«

»Kann sie auch Hieroglyphen lesen?«

»Aber du musst mir einen Gefallen tun.«

Geiger wusste nicht wohin mit dem sperrigen Objekt. Er wollte nicht, dass Isabella es gleich entdeckte, wenn sie nach Hause kam, lästige Fragen stellen und ihm vorhalten würde, dass er sich von Rimbach manipulieren lasse. Er ärgerte sich jedes Mal, vor allem deshalb, da machte er sich nichts vor, weil sie recht hatte.

Der Gefallen, den er Rimbach erweisen sollte, hatte es in sich. Erst mussten sie zum Stachus wandern, die ganze teergeschwängerte Sonnenstraße hinunter, wobei er genügend Gelegenheit hatte, darüber nachzusinnen, warum er seinem Bittsteller auch noch gefällig sein sollte. Unterwegs schwadronierte Rimbach von einem alten Gemälde aus Familienbesitz, das er für seine Tanten verkaufen sollte und aus unerfindlichen Gründen in einem Schließfach zwischengelagert hatte. Geiger sollte es für ein paar Tage bei sich aufnehmen, bis Rimbach seine Kontakte aktiviert hatte. Das Bild, etwa 40 x 50 cm, war in Zeitungspapier eingepackt und heftig verklebt. Was drauf sei, hatte Geiger gefragt. Ach, nichts Besonderes, hatte Rimbach abgewehrt, eine südliche Stadt am Meer, weiße Häuser über Klippen, vielleicht 19. Jahrhundert, ohne Signatur, aber von großem Liebhaberwert.

Geiger steckte das Bild hinter die schwere Truhe, die im langgezogenen Korridor der Altbauwohnung stand.

»Felicity«, sagte er sanft.

Die graue Katze strich mit einem klagenden Maunzen um seine Beine. Er hob sie auf und trug sie in sein Arbeitszimmer. Sie sträubte sich, als bereite ihr seine Berührung Schmerzen. Er legte sie vorsichtig auf das Kissen im Korb. Sie wussten seit zwei Wochen, dass sie an einem fortgeschrittenen malignen Lymphom erkrankt war. Sie fraß kaum noch und magerte zusehends ab, erbrach sich auch immer wieder, mit Vorliebe auf den hellen Spannteppich im Wohnzimmer. Sie sollte eingeschläfert werden, aber noch wehrte sich Isabella dagegen.

»Wie stellst du dir das vor?«, fragte Isabella.

Sie saßen am Küchentisch, die leeren Teller vor sich, die Weingläser halbvoll.

Geiger wusste gleich, dass er den falschen Zeitpunkt erwischt hatte. Gerade hatte sie noch wegen Felicity wässerige Augen gehabt, wie sollte sie da bereit sein für eine so weitreichende Entscheidung? Was erwartete er eigentlich? Dass sie auch ein paar Tränen über seinen Frust im Verlag vergoss?

Er konnte nicht mehr zurück.

»Für ein Jahr kann ich den Standard halten. Wenn ich mir keine Extravaganzen leiste.«

»Wie ein Kind?«

So direkt wollte Isabella nicht sein, es war ihr einfach herausgerutscht. Sie hätte sich gern eine Zigarette angesteckt, aber rauchen in der Wohnung war tabu, selbst bei offener Balkontür. Sie beobachtete, wie sich Geiger konzentrierte, damit er nichts Falsches sagte.

»Ich dachte, wir wollten noch warten.«

»Wir werden nicht jünger.«

Die Tatsache war nicht zu leugnen.

Geiger hatte auf Zeit gespielt. Es war nicht das erste Mal,

dass Isabella damit anfing. Meistens lagen sie erschöpft im Bett, und die Sache hatte sich gerade erledigt. Er wusste nicht, wie ernst es ihr war. Er glaubte nicht, dass sie sich konkret vorgestellt hatte, was es an Einschränkungen bedeutete, ein Kind am Bein zu haben. Verantwortung zu übernehmen, wie es in den Ratgebern hieß. Vielleicht hatte sie wieder Existenzängste wegen ihrer Galerie, oder sie wollte einfach nur testen, wie stabil ihre Beziehung war. Und sicher hatte die Vorstellung, bald keine Felicity zum Schmusen mehr zu haben, ihre Labilität verstärkt.

»Du wirst dich entscheiden müssen«, sagte sie. »Was dir wichtiger ist. Ein Kind. Oder dein Roman.«

Dummer Roman, hätte sie gern gesagt, aber sie wollte nicht beleidigend werden. Sie fand ihn wehleidig. Kafka hatte einen Versicherungsjob und konnte sich trotzdem Weltliteratur aus den Fingern saugen.

Sie vernahmen aus dem Wohnzimmer das vertraute Geräusch der sich übergebenden Katze.

»Vielleicht bringt's ja eine Chemo«, sagte er, ohne große Zuversicht.

»Nein, Marcel«, sagte sie tapfer. »Damit verlängern wir nur ihr Leiden.«

Sie schob den Stuhl zurück.

Die Kinderfrage war fürs Erste vom Tisch.

Geiger drehte sich auf den Rücken, und sofort waren die Gedanken da. Es hatte keinen Sinn, dagegen anzukämpfen, das wusste er aus Erfahrung. Er lauschte eine Weile, wie Isabella ein- und ausatmete, sich die Andeutung eines Schnarchens erlaubte. Ein leiser Ärger regte sich in ihm. Wie konnte sie friedlich schlummern, während er sich neben ihr in Agonie wälzte? Er war versucht, einem ungestümen Aufstöhnen nachzugeben, damit sie endlich begriff, wie ernst die Lage war. Er tippte auf sein Handy. In drei Stunden musste er aufstehen, er hatte höchstens eine Stunde geschlafen. Er schlug sachte die Decke zurück, suchte seine Pantoffeln und schlich hinaus.

Er hatte sich von seiner Heilpraktikerin irgendwelche verträglichen Schlaftabletten verschreiben lassen, aber dann hatte er sich angewöhnt, in der Küche einen Whisky zu trinken. Das war stilvoller und hatte etwa die gleiche Wirkung. Als er im dunklen Korridor an der Truhe vorbeischlurfte, hörte er ein merkwürdiges Geräusch. Er tastete nach dem Lichtschalter.

Felicity kauerte am Spalt zwischen Truhe und Wand, schien darin verschwinden zu wollen. Eine Maus? Als er näher hinsah, bemerkte er eine kleine Lache, die von ihr emsig aufgeleckt wurde. Er hob das Bild heraus. Das Zeitungspapier war durchtränkt von einer öligen Flüssigkeit, die in Abständen auf den Boden tropfte. Er lief ins Badezimmer und stellte das Bild in die Wanne. Die Katze war ihm gefolgt, sah begierig zu ihm auf. Er wollte sie vor die Tür setzen, aber sie wehrte sich, zeigte ihre Krallen, ließ ihr Raubtierwesen aufblitzen, wie seit Langem nicht mehr. Erschreckt ließ er sie fallen. Womöglich weckte sie noch Isabella auf mit ihrem Gekreisch. Er machte im Korridor das Licht aus, schloss die Badezimmertür und fing an, das Zeitungspapier herunterzureißen.

Eine Ikone kam zum Vorschein. Die Madonna mit Kind, in hellen Brauntönen gehalten. Die bekannte Anordnung. Die Jungfrau unter ihrem sternenbesetzten Schleier, den Kopf leicht nach rechts geneigt, auf dem Arm den kleinen, keineswegs babyhaften Jesus, der sich an ihre Wange schmiegte, als suche er Schutz vor dem ihm beschiedenen Schicksal, während sie ergeben und recht niedlich in ihrer mädchenhaften Trauer vor sich hinblickte. Das sah alt und kostbar aus und hatte bestimmt seinen Preis. Er konnte das nicht beurteilen, da kannte sich Isabella besser aus. Im Augenblick war es auch nicht wichtig, denn ein anderes Detail drängte sich auf. Aus dem linken Auge der Gottesmutter flossen Tränen. Klare Tropfen, die sich im Unterlid sammelten, in kurzen Intervallen überquollen und ihre Spur über die Bildfläche zogen. Von öligem Geschmack, wie er sich überzeugen konnte. Und die den zarten Rosenduft verströmten, der ihn umwehte.

»Riechst du das, Felicity?«

Er sah nach der Katze, die sich inzwischen neben dem überfüllten Wäschekorb auf einem zerknüllten Badetuch zum Schlafen eingerollt hatte.

»Rimbo, das zahl ich dir heim.«

Er drehte die Holztafel um, klopfte sie auf Hohlräume

ab, stellte sie auf den Kopf, schüttelte sie, konnte aber nichts Auffälliges erkennen. Er spürte eine große Müdigkeit. Dieser verdammte Rosengeruch. Er öffnete die Tür, horchte in den Korridor. Am liebsten hätte er das Ärgernis in ein Handtuch gewickelt und unten in der Tonne versenkt. Das konnte allerdings Folgen haben. Er sah den aufgeblasenen Hausmeister mit dem tropfenden Objekt vor der Wohnungstür stehen und ihn zur Treppenreinigung nötigen. Er löschte das Licht.

Den Whisky hatte er vergessen.

Der Traum war klar wie selten. Er kämpfte sich durch einen Schacht hoch und stand plötzlich im Freien. Eine geländerlose Plattform. Es war noch dunkel, aber der Horizont war weiß und verheißungsvoll. Gleich würde die Sonne aufsteigen. Etwas abseits, an den Rand gerückt, saßen im Kreis einige schattenhafte Gestalten. Sie beachteten ihn nicht, und er kümmerte sich nicht um sie. Da wusste er auf einmal, dass er träumte. Nun war alles möglich. Er hatte den starken Wunsch, der Sonne entgegenzufliegen, breitete weit die Arme aus – und erwachte.

Isabella sah auf Geiger herab, in ihrem hellblauen Bademantel, der ihr so gut stand, voller Unmut, der offensichtlich ihn zum Ziel hatte. Er liebte es, wenn sie außer sich war. So hatte er sie kennengelernt, als sie sich bei einer Vernissage über eine Installation eines ihrer radikal jungen Künstler gestritten hatten. Grandios, hatte sie mehrmals wiederholt, um ihn zu beschämen.

»Radikal jung ist man eine Viertelstunde«, hatte er behauptet, worauf sie ihn der Jugendfeindlichkeit bezichtigte.

»Nimm das Ding aus der Wanne«, fauchte sie.

Geh doch unter die Dusche, mein Schatz, hätte er bei anderer Gelegenheit gesagt.

Sie hatten eine Extradusche, aber das war jetzt nicht der Streitpunkt. Er beeilte sich, aus dem Bett zu kommen.

»Ich hatte einen Wahnsinnstraum«, sagte er, während er ihr durch den Korridor folgte. Er durfte ihn auf keinen Fall entweichen lassen.

»Vielleicht erklärst du mir das.«

Sie standen im fensterlosen Badezimmer und starrten auf die Ikone. Nichts hatte sich verändert. Ein dünnes Rinnsal suchte sich zielstrebig seinen Weg aus Marias linkem Auge in den Abfluss. Der Rosenduft war so intensiv, als hätte jemand eine Parfumflasche umgestoßen.

»Mein Gott! Sie weint ja!«, rief Isabella aus.

Die unerhörte Tatsache hatte mit Verzögerung ihr Bewusstsein erreicht. Sie hatte kaum hingesehen, als sie den auslaufenden Fremdkörper in der Wanne entdeckt hatte, und war gleich ins Schlafzimmer gestürmt, um den Übeltäter zu belangen.

»Grandios«, sagte Geiger.

Das Problem hatte sich nicht, wie er insgeheim gehofft hatte, über Nacht verflüchtigt.

»Aber das gibt's nicht«, sagte sie.

Sie tupfte mit dem Finger auf eine der kullernden Tränen, leckte ihn ab.

»Ölig«, sagte sie.

Isabella war jetzt seltsam ruhig. Wie immer, wenn etwas Außerordentliches passierte. Bagatellen brachten sie schnell aus der Fassung, aber den kleineren und größeren Katastrophen des Lebens begegnete sie mit einer ihr selbst rätselhaften Gelassenheit. Wohl eine Art von Verdrängungsmechanismus, wie sie einmal von einer kompetenten Person belehrt wurde.

»Was soll das sein? Eine Installation?«

Geiger erzählte ihr das Notwendigste. Sie hörte geduldig zu, wobei sie die Madonna nicht aus den Augen ließ, als erwarte sie irgendeine Ungehörigkeit – ein schwesterliches Zwinkern oder dergleichen. Dass Rimbach in die Angelegenheit involviert war, überraschte sie nicht.

»Der soll sie sofort abholen«, sagte sie. »Damit will ich nichts zu tun haben.«

»Der schläft jetzt seinen Rausch aus.«

»Dann weck ihn auf.«

Die Befehlslage war eindeutig, dagegen half kein Argumentieren.

Felicity spähte ins Badezimmer und ließ ein vorwurfsvolles Miauen hören. Sie verschwand gleich wieder, lief in Richtung der Küche, hielt inne und vergewisserte sich, dass man ihr folgte. Sie umkreiste den leeren Napf, schubste ihn mit der Pfote an, ein verwunderliches Benehmen angesichts ihres Zustands. In letzter Zeit hatten sie ihre Katze zur Nahrungsaufnahme überlisten müssen.

»Du isst ja wieder, Miezchen.«

Isabella konnte es nicht fassen. Sie holte rasch eine Dose vom Regal.

»Weißt du was, Isi?«

»Was?«

»Sie hat das ölige Zeug aufgeleckt.«

»Du meinst …«

Rimbach – alias Rimbo, einer Verballhornung von Rimbaud, wie er in der Schule genannt wurde, weniger seiner sporadischen Gedichte wegen als seiner Poetenattitüde – legte sein Handy neben die Matratze.

»Was soll der Scheiß?«

Er drehte sich auf die andere Seite, aber die aufgestörten Geister ließen sich nicht mehr beruhigen. Was hatte Geiger gesagt? Die Madonna weint? Klang wie ein Geheimcode. Eine versteckte Botschaft. Aber welche? War er aufgeflogen? Waren die Bullen schon unterwegs? Musste er abtauchen? Aber wo? Im Gartenhaus seiner Tanten?

Er sprang auf, spähte durch die Jalousie. Sie ließ sich nur noch hochziehen, wenn man riskieren wollte, die Zugschnur zu zerreißen. Es war unmenschlich früh. Noch nicht einmal neun. Wieder war ein heißer Tag angekündigt. Eigentlich Biergartenwetter. Wenn er nicht in einer stickigen Zelle landete, statt unter schattigen Kastanien zu schwelgen.

Er überlegte, ob er unter die Dusche sollte oder gleich einen Kaffee trinken. Natürlich hatte er gestern wieder zu viel geschluckt. Obwohl, es hielt sich in Grenzen, verglichen mit anderen Tagen. Ein paar Biere, okay, aber die Schnäpse hatte er ausgelassen. Abgesehen von einem oder zwei, die er nicht ausschlagen konnte. Schließlich gab es etwas zu feiern. Geiger hatte seinen hingeschmierten Romananfang nicht in Stücke gerissen, sondern ihn für entwicklungsfähig erachtet. Ingo hatte in Aussicht auf bevorstehende Geldflüsse sogar eine Flasche Sekt spendiert. Eine Ausschweifung, die er sicher schon bereute.

Das spielte jetzt keine Rolle.

Unter der Dusche lief der Film wieder ab. Und wie in einem Film hatte er sich auch gefühlt. Robert Redford oder Jack Nicholson. In einer dieser Gaunerkomödien. Als die Filme noch was taugten.

Rimbach war schon oft an dem Laden in der wenig begangenen Seitenstraße vorbeigekommen. Der Inhaber hatte sich auf sakrale Kunst spezialisiert. Ikonen und diesen Kram. Kleiner, runder Mann mit Glatze, voller Elan, immer tipptopp gekleidet, Maßanzug mit lila Weste, dazu handgearbeitete Schuhe, tausend Euro das Paar. Er war ihm schon öfters auf dem schmalen Gehweg begegnet, aber beharrlich übersehen worden, als Angehöriger jener Sorte Mensch, die keinen Anspruch auf sein Interesse hatte. Manchmal blieb Rimbach vor dem Schaufenster stehen, fasziniert von den zweckbefreiten Kelchen, Kreuzen und Kerzenständern und nicht zuletzt von den innigen Marienikonen, die er im Innern ausmachte.

Er wusste nicht mehr, was ihn dazu verleitete, den Laden zu betreten. Vermutlich der banale Umstand, dass die Tür wegen des schönen Wetters offenstand. Lejeune – wie der Inhaber hieß, nach der kleinen Inschrift an der Glastür zu schließen – flüsterte im Hintergrund mit einem Kunden und beachtete ihn nicht. Er betrachtete die Ikonen an den Wänden, oder wenigstens tat er so. Und dann geschah es. Sein Herz fing zu rasen an. Bevor er es selbst realisierte, hängte er wahllos eines der Bilder ab, steckte es unter seine Bomberjacke und war schon draußen.

Rimbach besuchte ungern seine winzige Küche. Geschirrberge drohten einzustürzen, die Herdplatten waren versaut, der Kühlschrank seit Wochen außer Betrieb. Nicht dass es im Badezimmer besser ausgesehen hätte. Das kaum möblierte Einzimmerapartment war eine einzige Müllhalde, wenn man es krass ausdrücken wollte. Er setzte die Espressomaschine auf die Platte, riss den Brief auf, den er gestern in den überfüllten Papierkorb gestopft hatte, weil er schon wusste, was drinstand. Die Kündigung aufgrund dreimonatigen Mietausstandes. Diese Gierhaie. Am besten er packte ein paar Sachen in seine Reisetasche und ließ das ganze Chaos hinter sich.

Après moi le déluge, wie irgendein Louis proklamiert hatte.

Ein Gewitter zog auf, als Rimbach die schwere Haustür aufstieß. Er hatte im Biergarten am Kleinhesseloher See gesessen, wo er nur Kaffee getrunken hatte, allerdings in großen Mengen, und er hatte ein Gedicht verfasst. Das wollte er Geiger vorlesen. Er hatte ihn mehrmals angerufen, wie erbeten auf der Verlagsnummer, aber der Herr Lektor war entweder gerade bei Tisch oder in einer Konferenz, und als er ihn endlich erreichte, war er kurz angebunden und hatte ihn für den Abend einbestellt. So musste man das nennen.

Die Wohnungstür war einen Spaltbreit geöffnet, Felicity streckte neugierig ihr Köpfchen heraus, zog es aber rasch zurück, als sich die falsche Person am Geländer hochhangelte. Er rief ihr ein »Feli Sweety« nach, wohl wissend, dass sie auf solche Schmeicheleien nicht hereinfiel. Er trat schwer atmend in den Korridor, stellte die Reisetasche ab. Der viele Kaffee hatte ihm zugesetzt.

Am anderen Ende stand Geiger in der Küchentür, eine Bierflasche in der Hand. Er trug eine Art Hawaii-Shirt und kurze Hosen, seine Haare waren noch nass vom Duschen. Er konnte noch nicht lang zurück sein.

»Willst du hier einziehen?«

Rimbach schloss die Wohnungstür. Eine freudige Einladung hörte sich anders an. Der Mann schien einen schlechten Tag hinter sich zu haben. Kaum aufnahmefähig für seine poetische Bestandsaufnahme.

»Nur für eine Nacht«, wiegelte er ab, um keine Panik zu verbreiten. »Falls Isi nichts dagegen hat.«

Er fragte sich, ob sie die Quelle des paradiesischen Rosendufts war, der ihm sanft in die Nase stieg und ihn gleich heiter stimmte. »Man hat mir die Bude gekündigt.«

Geiger stellte die Bierflasche weg.

»Komm«, sagte er.

Er war mit ein paar Schritten an der Badezimmertür, machte sie auf, schaltete das Licht an.

Die Ikone hing jetzt über der Wanne, befestigt an der Duscharmatur, und weinte still vor sich hin. Der Stöpsel steckte im Abfluss, und die ölige Flüssigkeit hatte sich bereits zu einer größeren Pfütze angesammelt.

Schweigend bestaunten sie das Schauspiel.

»Willst du mich verarschen?«, platzte Rimbach heraus, um sich von der Beklemmung, die ihn befallen hatte, zu befreien. Er zwinkerte ein paarmal, um Halluzinationen infolge eines Kaffeerausches auszuschließen. Er trat einen

Schritt vor, riss die Ikone herunter, drehte sie prüfend in den Händen.

»Ich meine, der Verarschte bin ich«, sagte Geiger.

»Wir müssen cool bleiben, okay?«

»Okay. Cool.«

Rimbach überhörte den Sarkasmus.

»Könnte ein eingebauter Sicherungsmechanismus sein«, dozierte er. »Der ausgelöst wird, wenn das Bild unsachgemäß angefasst wird.« Er glaubte, sich unverfänglich ausgedrückt zu haben.

»Du hast es geklaut?«

»Na ja ...«

»Von deinen Tanten?«

Rimbach zögerte.

»Mann, bist du noch zu retten?«

In diesem Augenblick brach – wie auf Stichwort – das Gewitter los. In der Küche wurde die Balkontür ein paarmal klirrend zugeschlagen.

»Da! Der Himmel tobt!«, rief Geiger und lief hinaus.

Rimbach hängte die Madonna zurück. Er konnte sich nicht von ihr lösen, fixierte sie finster, in einer Art einseitigem Show-down.

»Mieser Trick, Maria«, raunte er und verließ das Badezimmer.

»Ist das von dir?«

»Natürlich. Warum?«

»Ich weiß nicht. Ich dachte, es sei nicht ganz taufrisch.«

»Nicht ganz taufrisch? Weil es zu gut ist, um von mir zu sein?«

»Hast du noch mehr davon?«

Rimbach war es gelungen, sein Gedicht vorzutragen. Die Situation verlangte nach einer etwas anderen Sichtweise. Und die konnte er bieten.

Isabella war völlig durchnässt nach Hause gekommen, die ruinierten Sandalen in der einen Hand, den verdrehten gelben Schirm in der anderen, mit triefenden Haaren und an den Körper geklatschtem Kleid. Rimbach hätte sie gern etwas länger gewürdigt und sich vielleicht zu einem weiteren Gedicht inspirieren lassen, aber sie verschwand mit Felicity, die ihr entgegengelaufen war und anfing, ihr die Füße abzulecken, gleich in der Dusche.

Er hatte sein frisch erstandenes Notizbuch aus der Reisetasche geholt und Geiger, der vom kleinen Balkon aus die Sturmschäden in der Nachbarschaft inspizierte, an den Küchentisch beordert. Er hätte lieber gewartet, bis sich Isabella zu ihnen gesellte, andererseits konnte sie so schreckliche Sachen von sich geben wie »ganz hübsch« oder »erinnert mich an Trakl«. Auch wollte er nicht, dass sie ihm, wie es manchmal geschah, einen Fünfzigeuroschein in die Hemdtasche schob, um das Gedicht »zu kaufen«, was ja prinzipiell nicht verwerflich war, sofern sie es aus ehrlicher Bewunderung und nicht aus verfehltem Zartgefühl tat.

Rimbach fand Geigers Reaktion enttäuschend. Wie es so seine Lektorenart war, ließ er sich zu nichts hinreißen, wollte nicht zu euphorisch erscheinen oder suchte vielleicht nach Worten, um ihn nicht zu verletzen. Warum konnte er nicht einfach »toll« sagen? Schließlich schrieb Rimbach seine Gedichte nicht, um wohlwollend kritisiert zu werden, sondern um seinen Mitmenschen eine Freude zu machen. Darum ging es doch. Das kapierten die wenigsten.

Geiger war im Zwiespalt. Das kurze Gedicht hatte ihn beeindruckt, ohne Zweifel. Aber er glaubte, dass er sich auf sein Urteil nicht verlassen durfte. Das lag an seiner Beziehung zu Rimbach. Sie kannten sich zu lange, waren in ihrem Residenzstädtchen auf dieselbe Schule gegangen, in verschiedenen Klassen, und hatten sich gefunden, weil sie in den drei Kinos in den Nachmittagsvorstellungen jeweils allein in den vorderen Reihen saßen. Er hatte in späteren Jahren aus eigener Tasche und ohne echte Überzeugung ein Gedichtbändchen unterstützt, das Rimbach im Eigendruck vertrieben hatte. Konnte es sein, dass er aus Kumpanei zu nachsichtig war? Oder dass er – was schlimmer wäre – ihn gar unterschätzte?

»Was macht dein Roman?«, fragte Geiger.

»Mein Roman? Dumme Sache. Das Manuskript liegt bei Ingo. Ich hab's da verschlampt.«

»Du hast es verschlampt?«

»Und jetzt rückt er's nicht mehr raus. Außer ich begleiche vom Vorschuss meine Schulden.«

»Welcher Vorschuss?«

»Das hab ihm auch gesagt.«

Isabella kam in die Küche, in einem langen Flatterkleid, mit feuchten Haaren. Auf den Armen wiegte sie Felicity, wie etwas sehr Kostbares und Zerbrechliches.

»Sie ist gesund«, sagte sie kategorisch. Sie setzte sich an den Tisch, streichelte das schnurrende Tier.

»Kommt mir auch so vor«, sagte Geiger. »Sie ist dauernd auf Achse.«

»Ich geh morgen zum Arzt.«

»Aber erzähl nichts.«

»Er wird Fragen stellen.«

»Sag ihm, du hast ihr Sauerampfer gegeben. Oder homöopathische Tropfen. Oder weiß der Teufel was.«

Geiger war in leichter Panik. Was immer hier ablief, es durfte auf keinen Fall nach draußen gelangen. Die Vorstellung, dass Horden von Journalisten und Fernsehreportern, ganz zu schweigen von Pilgern und Heilungssuchenden, das Haus belagerten, jagte seinen Blutdruck in bedrohliche Höhen.

Rimbach brachte es auf den Punkt.

»Mach dir nichts vor, Marcello. Ihr habt euch ein bescheuertes Wunder eingehandelt. Da kommt ihr so schnell nicht raus.«

»Eingehandelt?«, protestierte Geiger. »Wäre ich bei Verstand, hätte ich dich längst gezwungen, das Teil zu deinen Tanten zurückzuschaffen.«

»Bitte nicht.« Rimbach legte dürerbewegt die Hände aneinander. »Die enterben mich.«

»Wir wissen nicht, was sie geheilt hat«, sagte Isabella ruhig und setzte Felicity ab. »Und ob sie geheilt ist«, fügte sie leise hinzu.

Sie nahm die Sache pragmatisch. Verblüffende Heilungen kamen immer wieder vor, das konnte jeder Arzt bestätigen, ohne deshalb gleich die göttliche Konkurrenz zu bemühen. Selbst weinende Madonnen waren nicht so sensationell, wie man annehmen konnte, das hatte sie am Nachmittag gegoogelt. Zwar handelten viele Einträge von den Fällen, in denen natürliche Ursachen oder Betrügereien nachgewiesen werden konnten, aber die unzähligen anderen weinenden Madonnen, die ihr Geheimnis nicht preisgegeben hatten, wurden dabei unterschlagen.

Die Hauptsache war, dass es Felicity besser ging.

»Morgen wissen wir mehr.«

Eine Weile war es still.

»Mich überfordert das alles«, stöhnte Geiger und fuhr sich durch die Haare, bis er grotesk zerzaust war.

»Mich auch«, sagte Rimbach.

Mit der zweiten Flasche stellte sich der Fatalismus ein. Der schwere Bordeaux legte sich sanft in die Glieder und stieg einschläfernd in den Kopf. Sie waren ins Wohnzimmer umgezogen, zwischen die Bücherwände, hatten sich bei Kerzenschein auf die Polstermöbel verteilt. Rimbach zauberte ein Shit-Zigarettchen aus der Tasche, zündete es an, zog tief durch und reicht es herum. Geiger wollte nichts riskieren in seiner prekären Verfassung, aber Isabella paffte eifrig mit. Rimbach begann, sie »Frau von Hohenberg« zu titulieren – das »von« war geschenkt –, was er manchmal tat, wenn er glaubte, ihre schöne Seele ansprechen zu müssen. Sie antwortete im Gegenzug mit einem perfekt französisch intonierten »Rimbaud« statt des vulgären »Rimbo«, sehr zu seinem Entzücken. Allerdings gelang es ihm nicht, seine hochschießenden Gedanken in angemessene Worte zu fassen, und so rettete er sich in ein albernes Kichern, in welches sie solidarisch einstimmte. Geiger kannte das schon und er hielt sich an den Bordeaux, bis er spürte, dass alles im Fließen war.

Isabella wollte keine Spielverderberin sein, aber es war ihr jäh eingefallen.

»Wir haben ein Problem.«

Geiger überlegte.

»Problem?«

»Was sagen wir Ivanka? Die kommt morgen.«

»Sie darf nicht ins Badezimmer.«

»Mit welcher Begründung?«

»Sie darf nicht ins Badezimmer! Kein Kommentar! Wir schließen ab!«

Er war lauter geworden, als es die Situation verlangte. Sie blieb gelassen.

»Und der Rosenduft?«

Rimbach, der mit schweren Lidern im Sessel hing, hob das Kinn.

»Sie ist doch Kroatin. Die haben kein Problem mit weinenden Madonnen. Im Gegenteil.«

Ihr sagt,
ich sei zu oberflächlich.
Ihr sagt,
mir fehle die Tiefe.

Ihr sagt,
ich sei zu leichtfertig.
Ihr sagt,
mir fehle das Gewicht.

Aber lasst euch gesagt sein:
Ich tanze über dem Abgrund.
Wenn ich falle,
zerschelle ich im Bodenlosen.

Tom Rimbach

Isabella hatte keine Besucher. Die schwer zugänglichen Plastiken ihrer neuesten Entdeckung, eines wenig kommunikativen Innerschweizers, hatten bisher nicht die Aufmerksamkeit auf sich gezogen, die sie verdienten. So begrüßte sie es, dass sie sich mit Achim Winkler, welcher die Eigenart hatte, immer dann in der Galerie zu erscheinen, wenn sie einen geneigten Zuhörer brauchte, in ihr kleines Büro zurückziehen konnte.

»Nimmst du sie zur Arbeit mit?«, fragte Winkler mitfühlend, als er Felicity entdeckte, die unter dem Schreibtisch in einem tragbaren Weidenkorb döste. »Geht's ihr schlecht?«

»Felicity?«, sagte Isabella vergnügt. »Ach, der geht's prima.«

Sie war am Morgen beim Tierarzt gewesen. Er hatte sich Zeit genommen, hatte die Katze abgetastet und ultrabeschallt und zuletzt geröntgt, und er war danach ziemlich fassungslos gewesen, dass der Tumor nicht mehr aufzufinden war. Natürlich mussten noch Laborwerte abgewartet werden, und erst ein CT konnte Gewissheit bringen, aber alles deutete darauf hin, dass Felicitys außerplanmäßige Heilung nichts weniger als ein handfestes Wunder war.

»Dann war's eine Fehldiagnose«, sagte Winkler, der nicht an Wunder glaubte.

»Das schließt er aus.«

»Natürlich. Das gibt er nicht zu.«

Am liebsten hätte sie Winkler in alles eingeweiht, aber

sie hatte, nach einer zerfahrenen Beratung am Frühstückstisch, mit Geiger – und dem zu dieser Stunde noch kaum konsultierbaren Rimbach – strenge Geheimhaltung verabredet. Wenigstens vorläufig. Außerdem war nicht abzusehen, wie Winkler reagieren würde. Als Restaurator alter Gemälde fühlte er sich bestimmt verpflichtet, den Schwindel – denn etwas anderes konnte es nicht sein – mit großem Tamtam aufzudecken. Früher oder später würde sie ohnehin alles ausplaudern, wie sie sich kannte – aber noch war es nicht so weit.

Es blieb ihr nichts anderes übrig, als sich sein Beziehungselend anzuhören.

Der neueste Stand war, ähnlich dem alten, dass Winkler fest entschlossen war, sich von seiner neurotischen Lebenspartnerin zu trennen. Das war nicht einfach, weil er sie jeden Tag im Institut sah, aber da musste er durch. Sie machte ihn physisch krank, er hatte bereits schwere Asthmaanfälle. Abgesehen davon, dass sie pathologisch eifersüchtig war, sogar abwegigerweise auf Isabella, nahm sie jede kleine Unachtsamkeit zum Anlass, ihn gehässig anzuklagen, wobei sie regelmäßig Begebenheiten aufgriff, die er längst vergessen hatte. Im Grunde beschuldigte sie ihn, dass er, wie alle Männer, nur darauf versessen war, sie zu unterdrücken und herunterzumachen, sodass er sich fragte, was sie überhaupt mit ihm wollte. Er fing schon an, sich so verhalten, wie sie es ihm unterstellte und neulich hätte er fast die Beherrschung verloren und sie mit voller Wucht geohrfeigt. Vielleicht wollte sie das, er wusste es nicht. Nachts ergötzte er sich an absurden Suizidgedanken, stellte sich vor, wie sie in einen Schreikrampf verfiel, wenn sie ihn morgens mit aufgeschnittenen Pulsadern in der Badewanne fand.

Isabella hatte ihm gelauscht, und sie hatte sich vor allem eines gemerkt – dass Brigitte, wie die Person hieß, eifersüchtig auf sie war. Möglicherweise war es nicht so abwegig. Sie hatte den hageren, asketischen Kerl, der wunderbar in ein El-Greco-Gemälde gepasst hätte, immer als ihren guten Freund betrachtet, wobei ihr nicht entgangen war, dass bei ihm mehr im Spiel sein könnte. Sie hatte ihn zu nichts ermutigt, schon deshalb, weil er, wie sie sich überzeugte, keinerlei erotische Ausstrahlung auf sie hatte, und er hütete sich, irgendetwas in dieser Richtung durchblicken zu lassen, weshalb sie jetzt schockiert war, dass eine beiläufige Bemerkung eine solche Wirkung auf sie haben sollte.

»Marcel will den Verlag verlassen.«

»Echt? Weshalb?«

»Er will seinen Roman schreiben. Ohne Rücksicht auf Verluste.«

Sie verfolgte mit Interesse, wie es in ihm arbeitete, Gedanken, die er nicht haben durfte, sich abwechselten mit Blitzstrategien.

»Dann musst du ihn lassen.«

»Du bist natürlich auf seiner Seite.«

Winkler sagte nichts mehr. Isabella, die sich nicht ärgern wollte, wechselte das Thema.

»Wie findest du die Plastiken?«

Er quälte sich ein bisschen.

»Ach, weißt du. Ich und die postmoderne Kunst.«

Die Stoßzeit war vorbei, und Isabella fand in der U-Bahn mit ihrem Katzenkorb mühelos zwei Plätze. Es dauerte einen Moment, bis sie in ihrem Gegenüber den Kollegen Lejeune erkannte. Einer dieser Zufälle, die sie bisweilen argwöhnen ließen, sie werde von einer unsichtbaren Macht gelenkt. Außerirdischen Entitäten, wie in der Sci-Fi-Serie, die sie neulich auf Netflix geglotzt hatten. Das passierte ihr immer wieder, sie konnte sich schon darauf verlassen.

Der Mann sah erbärmlich aus. Nicht aufgrund seiner Kleidung, die war wie immer makellos, bis auf die verknöpfte Weste vielleicht, und auch die Tatsache, dass er unrasiert war, ließ sein rundliches Gesicht eher interessanter erscheinen. Das Erschreckende war, wie er sich gehenließ. Er starrte aus dem Fenster an die vorbeiflirrende Tunnelwand, vorgebeugt, fahl, mit leicht geöffnetem Mund, völlig aus der Welt einem unentrinnbaren Verhängnis nachgrübelnd.

»Robert«, sagte Isabella leise. Sie sprach den Namen französisch aus.

Lejeune brauchte ein paar Sekunden, bis er sich gefangen hatte. Er richtete sich auf, lächelte etwas beschämt, ohne sich Mühe zu geben, seinen unglücklichen Zustand zu verbergen, schien sich zu freuen.

»Isabelle.«

»Was ist mit Ihnen?«

»Ach, diese Geschichte«, seufzte er. Er deutete mit dem Kinn in Richtung Innenstadt. »Ich war im Präsidium, um Verbrecherfotos zu besichtigen. Absolut überflüssig, aber sie haben darauf bestanden. Dabei habe ich den Mann kaum gesehen.«

»Was ist passiert?«

»Sie wissen es nicht? Eine Marienikone ist mir geraubt worden. Dreist von der Wand gerissen, während ich einen Kunden bediene. Ich haste auf die Straße, aber keine Seele. Der Gauner muss den Fluchtweg geplant haben. Ich laufe dahin, ich laufe dorthin, bis in die Hinterhöfe. Dabei sagt mein Arzt, dass jede Aufregung fatal sein kann. Wahrscheinlich werd ich jetzt verdächtigt, dass ich auf einen Versicherungsbetrug aus bin.«

Er gewahrte erst jetzt Felicity, die ihr Köpfchen aus der Höhle streckte und aufgeregt in alle Richtungen drehte.

»Ihr Kätzchen? Niedlich.«

Er machte einen Versuch, sie zu necken, und trug gleich einen Kratzer davon. Felicity hatte blitzschnell ihr Pfötchen herausschießen lassen.

»Sale bête.«

Isabella wurde ungeduldig.

»Aber Sie können den Dieb beschreiben?«

Lejeune schüttelte traurig den Kopf, während er sein Taschentuch um den blutenden Finger wickelte.

»Eine wahre Heimsuchung«, murmelte er.

»Ist sie so viel wert?«

»Ach was, ein paar tausend Euro. Eine nachgemalte Wladimir-Ikone aus dem neunzehnten Jahrhundert. Aber verstehen Sie? Das ist jetzt nebensächlich. Sie hat mich bestraft.«

»Bestraft? Wer? Die Madonna?«

»Sie finden es komisch, ich weiß.«

»Ich find's nicht komisch.«

»Nett von Ihnen.«

Isabella beobachtete, wie die hellen Streifen, die von der Abendsonne durch die Jalousien an die Wand geworfen wurden, langsam in die Höhe kletterten. Marcel neben ihr schlief seit einer halben Stunde ohne jedes Lebenszeichen. Er hätte genauso gut tot sein können.

Sie war nicht dazugekommen, ihre große Neuigkeit loszuwerden – dass sein feiner Freund Rimbo die Ikone mutwillig, wie das wohl hieß, aus Lejeunes Laden hatte mitgehen lassen. Er schien auf sie gewartet zu haben. Kaum hatte sie die Wohnungstür geschlossen und den Korb abgestellt, als er sie am Handgelenk packte und ins dämmerige Schlafzimmer zog. Sie entledigten sich schweigend ihrer Kleider und verschlangen sich mit einer Heftigkeit ineinander, die sie an ihre Anfänge erinnerte. Noch halb auf ihr liegend, war er dann eingeschlafen.

Sie wurde unruhig. Es gab so viel zu bereden, und Marcel schlief einfach. Sicher, er hatte eine stressige Nacht erlebt, andererseits war es nicht ihre Schuld, dass sie für ungewisse Zeit die Badewanne nicht benutzen konnten. Sie duschte zwar lieber, aber gerade jetzt hätte sie gern ein Bad genommen. Es war schwierig genug gewesen, Ivanka bei ihrem Eintreffen zu erklären, dass die Badezimmertür abgeschlossen bleiben musste. Die füllige Frau hatte es gleich mit dem penetranten Rosenduft in Zusammenhang gebracht und Isabella war nichts anderes eingefallen, als von einem Experiment zu faseln, der diffizilen Herstellung eines Parfums nach einem alten Familienrezept. Ivanka hatte komplizenhaft gezwinkert, als wüsste sie Bescheid. Wahrscheinlich würde sie jetzt herumgehen und ihrer Kundschaft erzählen, bei Frau Hohenberg liege eine parfümierte Leiche in der Badewanne.

Isabella hatte Hunger. Auf dem Weg in die Küche öffnete sie die Badezimmertür. Die Wanne war bis etwa zu einem Drittel mit der grünlich schimmernden Flüssigkeit gefüllt. Die Madonna ließ nur noch sporadisch ein paar Tränen fließen, was sie zuversichtlich machte, diese würden bald ganz versiegen.

Merkwürdig, dachte sie, wie schnell man sich an etwas gewöhnt.

Geiger kam gähnend in die Küche.

»Ich habe einen Wahnsinnshunger«, sagte er. Er stellte sich neben Isabella und inspizierte die brodelnde Tomatensauce, in der sie umrührte. Er stieß sie sanft an, und sie antwortete mit einer Gegenbewegung.

Die Spaghetti kochten bereits. Er öffnete den Kühlschrank, holte die angebrochene Weißweinflasche heraus, füllte ein Glas, leerte es hinunter.

»So traumlos tief habe ich schon lange nicht mehr geschlafen«, sagte er. »Als hätte ich den Watzmann bestiegen.«

»Tja«, sagte Isabella und goss die Spaghetti ins Sieb.

In gerade mal zehn Minuten, dachte sie.

»Ein echter Energydrink«, bekräftigte Geiger, setzte sich an den Tisch und begann, Parmesan zu reiben.

Sie verstand nicht gleich.

»Du hast davon getrunken?«

»Ein Schnapsglas. Als ich nach Hause gekommen bin. Kann ich nur empfehlen.«

Sie waren wieder beim Thema.

Isabella berichtete ihre Begegnung mit Lejeune, aber Geiger war abgelenkt. Darauf bedacht, beim Aufgabeln der Nudeln nicht sein weißes T-Shirt zu besudeln, was eine gewisse Balance erforderte zwischen Gier und Selbstbeherrschung, war ihm die Brisanz des Gesagten entgangen.

»Nicht schlecht«, sagte er, nachdem das Malheur doch geschehen war. »Die kriminelle Energie hätte ich ihm nicht zugetraut.« Er wäre am liebsten aufgesprungen, um den Fleck im Badezimmer gleich auszuwaschen.

»Du findest das toll?«

Natürlich fand er es nicht toll. Rimbach hatte ihn belogen. Damit hatte er ihre Vertrauensbasis zerstört. Oder zumindest angekratzt. Allerdings konnte der Penner nicht ahnen, was er damit anrichten würde.

»Was soll toll daran sein?«, entgegnete er. »Ist dir klar, dass wir jetzt seine Komplizen sind? Ich kann das Bild schlecht in einen Plastiksack stecken und zur Polizei bringen.«

»Warum nicht?«

»Weil er mein Freund ist.«

Dagegen war kein Kraut gewachsen, das wusste sie. Sie musste sich zwingen, nicht auf den schreienden Tomatenspritzer zu starren.

»Ich könnte es Lejeune zurückbringen.«

»In dem Zustand? Der wird uns auf Schadenersatz verklagen.«

»Der Mann ist ein Wrack.«

Isabella hatte es nicht über sich gebracht, Lejeune oben an der Rolltreppe mit einem flüchtigen Küsschen abzufertigen, und war mit ihm und ihrem Katzenkorb in ein Café an der Leopoldstraße gegangen. Er hatte sich einen Cognac bestellt, das Glas aber nicht angerührt. Und dann war es aus ihm herausgebrochen.

Sie hatte eine Weile gebraucht, bis sie das ganze Ausmaß seiner Verstörung erkannte. Zu absurd war das alles. Soweit sie ihm folgen konnte, betrachtete er den Diebstahl der Ikone als eine Art Strafaktion der Muttergottes, weil er seit Jahrzehnten mit sakraler Kunst unheiligen Handel trieb. Die Skrupel hatten schon länger geschwelt, doch jetzt hatte er den Beweis, dass sie ihm ihren Schutz entzogen hatte. War es nicht überhaupt Maria, die ihren Sohn anstiftete, die Krämer aus dem Vorhof des Tempels zu vertreiben, auch wenn die Bibelschreiber taktvoll darüber hinwegsahen? Er musste sein Leben auf eine neue Grundlage stellen, aber wie sollte er das anfangen in seinem Alter? Er konnte nicht einfach auf weltliche Kunst umsteigen. Um sich in der Szene zu behaupten, musste man sich über Jahre ein entsprechendes Renommée aufgebaut haben, wie sie, Isabelle, am besten wusste.

Sie hatte schnell eingesehen, dass es sinnlos war, mit ihm zu argumentieren. Er wollte von ihr nicht getröstet werden, vielmehr sollte sie die Schwere seiner Schuld honorieren. Einen Moment war sie versucht, Rimbach zu opfern, aber wie konnte sie dem Mann in seiner Verfassung eine weinende Ikone zumuten? Sie hätte ihn umgehend in die nächste Psychiatrie fahren können.

Felicity huschte zur Balkontür herein, zurück von einer Kontrollrunde durch die Nachbarschaft, schlich um die Menschenbeine herum, setzte zu einem Sprung an und landete auf Isabellas Schoß.

»Du musst dir was einfallen lassen«, sagte sie. »Bald ist die Wanne voll.«

»Ich kaufe morgen ein paar Kanister.«

»Und wo stellen wir die hin?«

Gute Frage, dachte er. Sie hatte diese Art, ihn in Erklärungsnot zu bringen.

Geiger betrachtete sich als Agnostiker, auch wenn er sich deswegen kaum Gedanken machte. Und bestimmt war er kein Materialist. Er glaubte an Paralleluniversen und dergleichen, und daran, dass die Wissenschaft längst Dinge entdeckt hatte, die jenseits unserer Vorstellungskraft liegen. Es erübrigte sich, darüber zu spekulieren, weil wir nicht das Know-how hatten, sie zu erfassen. So ähnlich hatte es schon Shakespeare ausgedrückt, und wer eine Bestätigung dafür brauchte – bitte, der musste nur in ihr Badezimmer gehen.

Es wurde philosophisch.

»Jetzt mal angenommen«, sagte er.

»Angenommen was?«

»Angenommen, es ist, wie es ist. Und wir sind stolze Besitzer einer Tafel der Madonna, die Tränen weint. Über den Zustand der Welt oder was weiß ich. Und diese Tränen erweisen sich als die ultimative Wunderdroge.«

»Ja?«

»Warum ausgerechnet wir?«

Er blickte spontan zur Decke, als erhoffe er von dort eine Antwort.

»Warum nicht?«, sagte sie, während sie aufreizend den Katzenbauch kraulte.

Warum sollte ihr kein Wunder zustoßen? Auch einen Lottogewinn hätte sie als selbstverständlich akzeptiert, etwas, das ihr durchaus zustand. Man brauchte deshalb nicht in Aufregung zu verfallen. Das Problem lag woanders.

»Du stellst die falsche Frage.«

»Und die richtige?«

»Was nun, Herr Geiger?«

Rimbach grübelte, ob er sich einen kleinen Schluck zuführen sollte, verschob es auf später. Es musste mit Bedacht geschehen. Keine Experimente mit unbekannten Substanzen, sagte er sich immer, wenn ihm etwas angeboten wurde. Nur in den eigenen vier Wänden. Und im Moment hatte er keine solchen aufzuweisen.

Er steckte das braune 50-ml-Fläschchen wieder in die Jackentasche. Es hatte im Medizinschrank gestanden, im Badezimmer, hinter dem Spiegel, und irgendwelche verklebten Globuli enthalten, die er kurzerhand ausgeleert hatte. Er hatte es, nachdem er die Madonna höflich um Erlaubnis gebeten hatte, mit frischem Tränenwasser gefüllt, für den geplanten Selbstversuch. Natürlich heimlich, um nervigen Diskussionen zu entgehen.

Der Bus fuhr durch die vertraute Vorortstraße an einfallslosen Einfamilienhäusern vorbei, zwischen denen hin und wieder wie ein seltenes Gewächs, eine alte Villa überlebt hatte. Er war der letzte Fahrgast.

Es war über ein halbes Jahr her, seit er seine Tanten zuletzt besucht hatte. Irgendwann zwischen den Jahren, um sich sein Weihnachtsgeschenk abzuholen. Einen selbstgestrickten Schal, den er den restlichen Winter über nicht mehr abgelegt hatte. Und natürlich den Umschlag mit den Extrascheinen.

Sein Handy meldete eine SMS. Isabella erinnerte ihn daran, dass er Stillschweigen gelobt hatte. Ich zähle auf dich,

Rimbo. Was sich die Gnädigste wohl vorstellte? Dass er durch die Gegend laufen und es jedem Idioten auf die Nase binden würde? Mann, stell dir vor, ich habe eine Ikone gekrallt, und jetzt nimmt sich Sweet Mary die Sache so zu Herzen, dass sie Rotz und Wasser heult? Wenn sie ihn so einschätzte, war nicht mehr zu verleugnen, dass er ein schweres Image-Problem hatte.

»Ein seltener Gast«, sagte Tante Elli, als sie die überdachte Terrasse betrat. Sie war die ältere und strengere der Schwestern.

»Aber stets willkommen«, sagte Tante Lilli, immer bereit, ihren Neffen zu verteidigen.

Rimbach sprang auf und umarmte Elli, die sich nicht so leicht besänftigen ließ.

»Seit Monaten kein Lebenszeichen.«

»Habt ihr mein Gedicht nicht erhalten?«

»Welches Gedicht?«

»Na, sein Gedicht, kennst du doch«, sagte Lilli.

Sie fing zu deklamieren an.

Er hatte die Reime im letzten Herbst verfasst, aber erst vor ein paar Wochen, in einem Anfall von schlechtem Gewissen, seinen Tanten gewidmet.

Elli beschwerte sich bei Lilli.

»Hast du mir nie gezeigt.«

»Habe ich wohl. Aber du machst dir ja nichts aus Gedichten.«

»Nicht dieses morbide Zeug. Schreib doch mal was Aufbauendes, Thomas.«

»Du vertreibst ihn noch.«

Da geht's wieder los, dachte er.

»Ich hatte einen harten Sommer.«

Viel mehr als Elli und Lilli hatte Rimbach als Familie nicht mehr vorzuweisen. Seine Eltern waren in seiner Studentenzeit kurz aufeinander gestorben, die Mutter an Leukämie, der Vater an Nierenversagen, und die nicht unbeträchtliche Geldsumme, die ihm ausbezahlt worden war, hatte er problemlos in ein paar Jahren durchgebracht. Elli und Lilli hatten sich verpflichtet gefühlt, sich seiner anzunehmen – oder ihn zu beaufsichtigen, wie er argwöhnte, in Befolgung einer letzten Anweisung seiner vermutlich über das Grab hinaus besorgten Mutter. Jede auf ihre Art. Elli, damals noch Gymnasiumsdirektorin, hatte eine Weile versucht, ihn für eine verantwortungsvollere Lebensführung zu begeistern, während Lilli, die einstige Kinderfunkredakteurin, ihm immer zugeredet hatte, seiner inneren Bestimmung zu folgen, durch alle existenziellen Abstürze, welche sie als eine Voraussetzung erachtete, um irgendwann als wahrer Künstler Auferstehung zu feiern. Der verschwiegene Wettstreit, den sie eine Zeit lang um sein Wohlergehen geführt hatten, war ihm trotz offensichtlicher Vorteile schnell zu viel geworden, weshalb er auch nie, wie sie es sich gewünscht hätten, in das kleine Gartenhaus gezogen war. Die Freiheit, die ihm seine Eltern vermacht hatten, war absolut unverhandelbar. Warum die Tanten nie geheiratet hatten, wusste er nicht so genau. Gelegentlich hatte es Anspielungen gegeben, dass Elli eine Zurückweisung, die ihr in jungen Jahren widerfahren war, nie wirklich verwunden hatte. Dagegen schien sich Lilli nach wechselnden, teilweise aufreibenden Beziehungen nun ihrer Autonomie zu erfreuen.

Man arrangierte sich. Er kriegte kleinere Geldbeträge überwiesen, in unregelmäßigen Abständen, wohl um ihn zu häufigeren Bittgängen in die Villa zu ermuntern. Dann wurde groß gekocht, und die Tanten lauschten einen Nachmittag lang den Erzählungen aus seiner verschrobenen Welt, die sich meistens darum drehten, dass eines seiner Vorhaben an der Ignoranz irgendwelcher Kunstbanausen gescheitert war. Es war ihm stets wichtig gewesen, seine Tanten bei guter Laune zu halten, schon im Hinblick auf das zu erwartende Erbe – wobei bei seiner Lebensweise nicht auszuschließen war, dass sie ihn überlebten –, doch bedeutete ein Ausflug an den Stadtrand immer auch, dass er sich zuvor ein paar Tage entgiftete, wozu ihm in diesem verrückten Sommer schlicht die Entschlusskraft gefehlt hatte.

Den Schwestern war nicht entgangen, dass er seine Reisetasche im Eingangsbereich abgestellt hatte. Sie hatten gerade beschlossen, das Gartenhaus dem Sohn einer Bekannten, einem angehenden Medizinstudenten, zu überlassen, welcher sich auch in Haus und Garten nützlich machen wollte, doch hatte ihr Neffe natürlich den Vorrang. Bis Semesterbeginn sei er längst wieder draußen, versprach er, um sie nicht in Verlegenheit zu bringen. Er habe nur gerade eine Durststrecke, bis der Vorschuss für sein Romanprojekt von der Verlagsleitung genehmigt sei.

Durststrecke ist gut, dachte er.

»Was ist es denn?«, fragte Lilli neugierig.

Er verschlang die köstliche Salade Niçoise, die Lilli zubereitet hatte. Sie hatte ihm ungebeten eine Flasche Bier hingestellt, und er fragte sich schon nach dem ersten Schluck, wie er an eine zweite gelangen konnte, ohne von Elli schräg angesehen zu werden.

Er improvisierte seinen Roman. Die Geschichte eines Außenseiters, eines Freaks, sollte es werden. Ein manisch-depressiver Filmstudent wird aus der Psychiatrie entlassen, weil er den Ärzten vorspielt, wieder normal zu ticken. Er kehrt in seinen Heimatort zurück und richtet durch seine missglückten Anpassungsversuche an eine Umwelt, die alles andere als normal ist, eine Katastrophe an.

»Aber das ist *Der Idiot*«, sagte Elli vorwurfsvoll.

Immerhin Dostojewski, dachte Rimbach.

»Ich habe einen anderen Ansatz«, sagte er.

Lilli kam ihm zu Hilfe.

»Es ist nichts Ungewöhnliches«, befand sie, »dass ein Künstler sich mit einem klassischen Vorbild auseinandersetzt. Denk an Picasso.«

Sie war aufgestanden, um das Geschirr ins Haus zu tragen, hatte dabei kurz aufgestöhnt. Schon zuvor hatte Rimbach beobachtet, dass sie sich unter dem Tisch immer wieder sanft das Knie massierte.

»Was ist mit dem Knie?«

»Ach nichts. Geht vorbei.«

»Ich hab was für dich.«

Er holte das Fläschchen aus seiner Jackentasche.

»Reib das ein.«

»Was soll das sein?«

»Reines Quellwasser. Vom Himalaya. Gesegnet vom Dalai Lama.«

»Vom Dalai Lama? Echt?«

Das Gartenhaus war solide gebaut. Ein kleiner Wohnraum, ein noch kleineres Schlafzimmer, dazwischen ein Durchgang mit zwei Kochplatten und am Fuß einer steilen Kellertreppe ein winziger Duschraum, der zum Leidwesen der Tanten immer wieder verschimmelte. Vielleicht hatte früher, als die Großeltern noch lebten, ein Gärtner hier gehaust. Seither war die Hälfte des Grundstücks verkauft worden und das Gartenhaus ein Überbleibsel aus besseren Zeiten. Wie eigentlich die ganze Villa. Wenn man sie erhalten wollte, hätte längst etwas geschehen müssen, aber angesichts steigender Grundstückpreise wurde die Entscheidung immer wieder vertagt.

Rimbach war froh, endlich allein zu sein. Er fühlte sich ausgelaugt vom vielen Reden und Auskunft geben, und er freute sich auf ein ruhiges Bier. Die Tanten hatten sich nach dem Abendessen vor den Fernseher gesetzt, um eine Ratesendung nicht zu verpassen, deren Moderator sie einhellig verehrten, und sich nicht mehr um ihn gekümmert.

Er versuchte, mit der ungewohnten Stille klarzukommen. Seit dem gestrigen Gewitter war es kühler geworden, eine Ahnung von Herbst hatte die Stadt erfasst. Das Gartenhaus hatte keine Heizung, im Winter konnte es ungemütlich werden, das wusste er, und er bedauerte den Medizinstudenten, der sich die Hände an einem Heizlüfter wärmen musste.

Er legte sich auf das noch unbezogene Bett, klopfte das Kissen zurecht, zog die Wolldecke über sich und starrte an die kahle Wand. Auf dem Nachttisch wartete die letzte Bierflasche, die der Haushalt noch hergegeben hatte. Morgen würde er für Nachschub sorgen müssen.

Aber erst das Experiment. Er griff nach dem Medizinfläschchen, das nach der mittäglichen Anwendung nur noch halbvoll war. Er ärgerte sich, dass er nicht mehr von dem Sekret abgefüllt hatte. Lilli hatte am Nachmittag plötzlich realisiert, dass sie schmerzlos auftreten konnte, und jetzt wollte sie natürlich alles wissen über das mysteriöse »Himalayawasser«. Vielleicht ließ sich daraus ja ein Geschäftsmodell entwickeln.

Er spürte ein leichtes Kribbeln in der Handfläche, als hätte sich eine Ameisenschar darin verirrt, und stellte das Fläschchen erschrocken zurück.

»Tricky Mary«, murmelte er.

Stürm ins Freie, lass dich sehn,
wag den Einsatz, lass ihn stehn,
halt die Stellung, werd nicht weich,
kommt der Sommer, sind wir reich.

Lass es bleiben, lass es sein,
hol die Trauben, bring den Wein,
knack die Nüsse, brich das Brot,
kommt der Winter, sind wir tot.

TR

Frau Geiger stand auf dem kleinen Vorplatz ihrer Alterswohnung, von wo aus sie einen kleinen Abschnitt der Zufahrtstraße überwachen konnte. Als der blaue Volvo endlich auftauchte, winkte sie, natürlich ohne ihren Sohn zu erkennen. Sie setzte sich auf ihren Gartenstuhl, den sie mit Kissen ausgelegt hatte, und wartete. Es würde eine Weile dauern, bis er die Anlage durchquert hatte.

Warten ist mein täglich Brot, sagte sie manchmal, wenn sich jemand nach ihrem Befinden erkundigte.

Geiger brachte seiner Mutter Pralinen mit, die »Falschen«, wie er wusste, aber die richtigen hatte es im Geschäft in der Dienerstraße nicht mehr gegeben. Sie schob die Schachtel missbilligend auf den Gartentisch.

»Frau Brockmann wird sich freuen«, sagte sie. »Die vergreift sich an allem, was süß ist.«

Er setzte sich auf den harten Gästestuhl.

Die Seniorenresidenz lag auf einer Anhöhe, »inmitten einer idyllischen Landschaft«, wie es im Prospekt hieß, und an einem Föhntag hätte man die Alpen sehen können. Die Wohnung im Erdgeschoss grenzte an eine Wiese, welche nicht betreten werden durfte, weil bisweilen Kühe darauf weideten. Der Nachteil war, dass Besucher aus der Stadt eine gute Autostunde brauchten, um die Residenz zu erreichen, und mit Bahn und Bus mussten sie zweimal umsteigen, weshalb es selten genug vorkam, dass sich Frau Geigers alte Freunde auf die beschwerliche Reise machten.

Das Gespräch war schon fast zum Stillstand gekommen, bevor es angefangen hatte.

»Sie haben die Pauschale erhöht«, beschwerte sie sich. »Und weißt du, was sie gesagt haben? Wenn es Ihnen nicht passt, können Sie auch sterben.«

»Nicht wirklich.«

»Aber sie haben es gedacht.«

Geiger musste lachen.

»Wenigstens hast du deinen Humor nicht verloren.«

»Humor?« Sie schien nachzudenken, wo sie den verlegt haben könnte. »Ach, ich weiß nicht.«

Frau Geiger hatte inzwischen einen inneren Kampf ausgefochten und verloren. Sie schnappte sich die Pralinenschachtel und zerrte mit steigendem Ärger am Zellophan herum. Er nahm sie ihr behutsam aus der Hand, entfernte die Folie, öffnete den Deckel und präsentierte ihr die süßen Gemeinheiten. Sie pickte eine der ungeliebten Pralinen heraus, worauf sie energisch den Deckel aufdrückte, um ihn nach ein paar Augenblicken für eine allerletzte wieder hochzureißen. Das wiederholte sich ein paarmal, bis sich Geiger erbarmte und sich an der Vertilgungsaktion beteiligte.

»Warum ist Isabella nicht mitgekommen?«

»Isi hat gerade viel zu tun.«

»Die steht doch nur in der Galerie herum.«

»Sie hat eine neue Ausstellung.«

»Das war ja schrecklich, diese Vernissage, in die ihr mich geschleppt habt. Lauter Penisse.«

»Das war vor fünf Jahren, Mama. Und die Kritik war begeistert.«

»Einfach schrecklich.«

Er zögerte.

»Wir haben ein paar Probleme.«

Bevor er den Satz ausgesprochen hatte, wusste er, dass es ein Irrtum war, von seiner Mutter etwas Empathie zu erwarten. Sie hatte eine unzerstörbare Vorstellung von ihm, und die besagte, so brutal es sich anhörte, dass er ein Versager war. Sie hätte ihm das niemals vorgeworfen. Es war eine Tatsache, mit der sie sich abgefunden hatte. Da konnte er tun, was er wollte.

»Trennt ihr euch?«

»So weit ist's noch nicht.«

»Wenn ihr Kinder wollt, wird's langsam Zeit.«

»Ich will im Verlag kündigen.«

»Und wovon willst du leben?«

Das kam zurückgeschossen wie ein Pingpongball. Da war sie wieder, die Gnadenlosigkeit, gegen sich selbst wie gegen andere. Sie war seinerzeit wenig beeindruckt gewesen, als er ihr stolz erzählte, dass ihn der Verlag nach seiner Volontärszeit als Lektor einstellen wollte. Er kannte die Geschichte zur Genüge. Dass sie während der späten Schwangerschaft den ganzen Proust gelesen hatte, von vorn bis hinten, deshalb das vorbelastete »Marcel«. Vermutlich begann er deshalb zu schreiben, Kurzgeschichten, Romananfänge, nichts Aufregendes. Sie erzählte es herum, mein Sohn ist hochbegabt, er hat das Zeug zum Schriftsteller, ihr werdet schon sehen. Vielleicht wollte sie kompensieren, dass sie ihre nicht existente Opernsängerinnenkarriere aufgegeben hatte, als sie seinen Vater, einen kunstsinnigen Juristen, heiratete. Dass ihr Sohn jetzt Autoren das Leben schwermachte, musste ihr wie eine Travestie ihrer Wünsche vorgekommen sein. War es nicht grotesk, dass er, nach all den Jahren, noch immer ihre Anerkennung suchte?

»Ich muss den Roman vorantreiben. Sonst wird das nichts mehr in diesem Leben.«

»Du schreibst einen Roman?«

»Das weißt du doch.«

Er hatte es ihr angekündigt, nachdem er die ersten Seiten geschrieben hatte – einer seiner ungeschickten Versuche, sich in ihren Augen aufzuwerten. Sie hatte es vergessen oder gar nicht zur Kenntnis genommen, wollte sich nicht über etwas Gedanken machen, was ohnehin zum Scheitern verurteilt war. Irgendwie nachvollziehbar.

Er unterdrückte ein Lächeln, was ihm erst bewusst wurde, als er ihre Verunsicherung sah.

»Du bist so entspannt«, sagte sie, als sei es etwas Verwerfliches.

Sie hatte recht. Er fühlte eine seltsame Leichtigkeit, eigentlich seit er aufgewacht war. Isabella war es ähnlich ergangen, sie hatte gleich nach dem Aufstehen »Let it be« eingelegt und den Regler aufgedreht, sodass es durch die ganze Wohnung schallte – »Mother Mary« wisperte Paul McCartney »words of wisdom« zu. Und er hatte diesen Impuls gehabt, sich bei seiner Mutter zu melden. Er hatte im Verlag angerufen, eine dringende Angelegenheit vorgegeben und seine Termine verschieben lassen. Eine Art Testlauf für den Ausstieg, wie er sich sagte.

»Wie geht's deinem Rücken?«, fragte er.

»Mein Rücken?« Sie spürte in ihr Kreuz hinein. »Der wird nicht mehr besser.«

Er holte eine Mineralwasserflasche aus dem Einkaufsbeutel, den er bei seiner Ankunft über die Stuhllehne gehängt hatte. Er hatte sie am Morgen für alle Fälle in der Badewanne abgefüllt.

»Versuch's mal damit«, sagte er. »Einreiben oder trinken. Oder beides.«

»Mineralwasser? Davon gibt's hier genug.«

»Von meiner Heilpraktikerin. Sie hat es energetisch aufgeladen. Meine Schlafstörungen sind jedenfalls wie weggeblasen.«

Geiger verließ den Eingangsbereich, in welchem die Pflegefälle in den Rollstühlen ihre Zeit absaßen, und hatte eine Erleuchtung. Klick. Er wusste schockartig, dass er die hundert Seiten, die er in den letzten Monaten mehr oder weniger inspiriert in seinen Laptop eingegeben hatte, vergessen konnte. Löschen und Neustart. Schluss mit den selbstverliebten Sätzen, Schluss mit der Anbiederung an die hohe Literatur. Ab jetzt würde er nur der eigenen Stimme folgen, würde sich den Worten anvertrauen, die ihm aus unbekannter Quelle zufielen, würde sich, um es metaphorisch auszudrücken, von den Wellen forttragen lassen, durch alle Stürme auf ein ungewisses Ufer zu. Das hörte sich vielleicht kitschig an, aber so war es. Und so würde es sein.

Er setzte sich in den Wagen. In seinem Kopf entfaltete sich eine Geschichte, die er schon lange mit sich herumgetragen hatte. Ein junger Mann, der vielleicht Ambrosius heißt, beschließt, ein Schriftsteller zu sein, um einem geregelten Leben zu entkommen. Er sitzt in seinem Zimmer und tippt auf einer alten Schreibmaschine weltvergessen Seite um Seite, bis ihn seine Mutter aus dem Haus wirft, weil er ihrem neuen Geliebten im Weg ist. Sie schickt ihn über den Ozean, in das große Land, auf die Spur eines oft beschworenen Jugendfreundes, von welchem sie nur eine alte Adresse besitzt und der sein Vater sein könnte oder auch nicht. Auf der planlosen Suche, wobei er durch seine Naivität immer wieder in widrige Situationen gerät und auch sein Reisegeld verspielt, häufen sich die Hinweise, dass der Mann unter anderem Namen der Anführer einer obskuren Drogensekte sein könnte, welche sich, um sich der Verfolgung zu entziehen, in einem Wüstenunterschlupf verkrochen hat – und für Ambrosius beginnt eine Höllenfahrt.

Sein Handy klingelte. Rimbach wollte ihn dringend treffen. Irgendetwas mit Tante Lilli, die gerade einen Arzttermin abgesagt hatte und nun Informationen aus ihm herauskitzeln wollte. Er sprach leise und in Andeutungen, als gehörten sie einer konspirativen Zelle an. Aber Geiger hatte verstanden. Wenn Rimbo jetzt bereits als Heilsbringer herumzog und »Marias Tränenelixier« oder ein ähnliches Phantasieprodukt anpries, konnte es gefährlich werden. Sie verabredeten sich in Ingos Kneipe.

»Und halt dich mit dem Saufen zurück.«

»Das hat sich erledigt, Marcello«, sagte Rimbach und brach das Gespräch ab.

Was hatte sich erledigt?

Er war schon auf der Autobahn, als er noch immer an dem Satz herumrätselte.

Rimbach verzog sich mit Geiger ins leere Lokal, in die hinterste Nische, gegenüber der langen Theke. Ingo, der mit zwei Stammgästen, die sich zu ihrem mittäglichen Frühstücksbier eingefunden hatten, an einem der beiden Straßentische ein denkwürdiges Ereignis der letzten Nacht verhandelte, brauchte ihre Unterhaltung nicht unbedingt mitzuhören.

Sie nahmen ihre Gläser mit, Geiger sein Bier und Rimbach seine Cola.

»Ich sag dir, Marcello! Der Fehler meines Lebens!«, schimpfte Rimbach. »Und Fehler, weiß Gott, reden wir nicht davon. So viel, mehr war's nicht.« Er zeigte mit Daumen und Zeigefinger die geringe Menge an. »Ich will mit Bier nachspülen, und puh, spuck's wieder aus. Mir schmeckt mein Bier nicht mehr, verstehst du? Die Madonna hat mir den Alkohol vermiest.«

Geiger starrte ihn ungläubig an. Dann war sein Gelächter bis auf die Straße zu hören.

»Genial. Sie hat dich trockengelegt.«

»Ich bin total angepisst.«

Ingo, in seinem Kneipen-Outfit – zu enge Jeans unter dem überhängenden Bauch, kariertes Holzfällerhemd und Lederweste – schob sich mit zwei leeren Gläsern hinter die Theke.

»Gibt's was zu lachen?«

»Nicht für dich«, sagte Rimbach.

Kein falsches Wort jetzt, signalisierte Geiger.

»Hat er noch dein Manuskript?«, fragte er.

»Na klar. Er ist jetzt mein Verleger.«

Ingo, der am Zapfhahn stand, warf einen Blick über die Schulter.

»Willst du ihn auslösen?«

»Kommt drauf an.«

»Moment.«

Ingo stellte das Bierglas ab, zog eine Schublade auf, addierte einen aufgespießten Stoß Kassenbons.

»Fünfundvierzigdreißig. Plus die Flasche Sekt, die der Herr auffahren ließ. Macht alles in allem, unter Berücksichtigung des Freundschaftspreises –«

Rimbach protestierte.

»Der Sekt geht aufs Haus.«

»Da hast du was missverstanden, mein Lieber.«

Sie einigten sich. Geiger legte einen Fünfziger auf den Tisch, und Ingo verschwand im Hinterzimmer, um das Manuskript zu holen.

Rimbach dämpfte die Stimme.

»Ich brauch mehr Stoff.«

»Wie?«

»Tante Lilli lässt nicht locker. Die hüpft wieder herum wie ein junges Mädchen. Und Tante Elli hat sich auch angemeldet. Wegen einer Warze an der Fußsohle.«

»Du gehst damit hausieren? Mensch, Rimbo, bist du noch ganz dicht? Wer hat dir erlaubt –«

»Wir schwimmen doch darin.«

»Wir?«

»Na ja. Immerhin habe ich die Dame angeschleppt.«

»Das berechtigt dich noch lange nicht –«

»Keep it down. Ich sag dir, Marcello, wir haben da was an der Hand.«

Sie schwiegen.

Geiger unterließ die Nachfrage, welches geniale Joint Venture Rimbach im Sinn hatte, während dieser frustriert bedachte, dass die meisten Menschen einiger Überzeugungsarbeit bedurften, bevor sie geruhten, ihr Glück zu ergreifen.

Ingo brachte unaufgefordert zwei Schnäpse.

»Dumme Sache«, sagte er zerknirscht. »Ich find dein Gekritzel nicht mehr.«

Er habe überall nachgesehen, beteuerte er, sogar im Safe, obwohl er die Blätter da bestimmt nicht hingeschoben habe, vielleicht habe sie die Babsi mit nach Hause genommen, die lese ja solches Zeug. Es tue ihm auch furchtbar leid.

Er kehrte zum Zapfhahn zurück.

Rimbach blieb erstaunlich ruhig.

»Ich schick dir meinen Anwalt«, sagte er. »Das wird teuer.«

Ingo zeigte sein einfältiges Grinsen, das er für solche Fälle aufbewahrte, und verschwand mit den Biergläsern nach draußen.

Rimbach reichte Geiger sein Schnapsglas.

»Für dich.«

»Bist du sicher?«

Geiger zögerte. Die Umkehr der Verhältnisse irritierte ihn, aber daran musste er sich gewöhnen. Er kippte entschlossen den Schnaps, ließ auch den nächsten folgen, um Ingo nichts zu schenken, und hatte eine Erleuchtung, die zweite an diesem Tage.

»Hast du einen Anzug?«

»Bei meinen Tanten. Aber da pass ich nicht rein.«

»Ich könnte dir ein altes Sakko leihen. Du musst es ja nicht zuknöpfen. Und die Haare sollten etwas getrimmt werden. Viel mehr braucht's nicht, um einen guten Eindruck zu machen.«

»Bei wem?«

Geiger hielt eine kleine Ansprache, dahin gehend, dass jetzt, wo Rimbach, wenn auch nicht ganz freiwillig, den Pfad der Tugend beschreite, der Zeitpunkt für ihn gekommen sei, sich ein paar konstruktive Gedanken über seine Zukunft zu machen. Er sei bereit, ihn im Verlag als seinen Nachfolger vorzuschlagen. Sein Entschluss sei gefasst, er werde morgen kündigen, und mit ein wenig Coaching, da habe er keinen Zweifel, sei er, Rimbo, mit seinem Enthusiasmus und seiner Überzeugungskraft, der geeignete Mann für den Job.

Rimbach war völlig überrumpelt.

»Verarsch mich nicht.«

Geiger wusste selbst nicht, wie realistisch sein Angebot war, aber Rimbach schien die Sache ernsthaft in Erwägung zu ziehen. Er saß mit gesenktem Kopf da und rieb immer schneller die Handflächen entlang der Tischkante. Als er hochsah, blinzelte er ein wenig.

»Und wenn Isi dich verlässt?«

»Dann muss ich das akzeptieren.«

»Meinst du, ich hab 'ne Chance?«

Geiger hätte ihm am liebsten den Rest Bier ins Gesicht geschüttet.

»Job und Frau. Ein bisschen viel auf einmal. Findest du nicht?«

Der Abend hatte harmonisch begonnen.

Isabella hatte rauchend am Küchentisch gesessen, als Geiger nach Hause gekommen war. Sie beeilte sich nicht, nahm ruhig noch einen Zug, bevor sie die Zigarette auf einer Untertasse ausdrückte. Sie war gutgelaunt, der Tabubruch schien sie zu amüsieren. Er merkte es überhaupt erst daran. Falls sie ihn herausfordern wollte, war es ins Leere gelaufen. Nichts hätte ihm im Moment gleichgültiger sein können.

Sie war aufgestanden und hatte weit die Balkontür geöffnet. Dann hatten sie sich geküsst.

Er hatte Rimbach eine Flasche des »Stoffs« in Aussicht gestellt, sobald er nach vollzogener Verwandlung dem Cheflektor seine Aufwartung gemacht habe. Auch hatte er ihm die Zusicherung abgenötigt, von den Tanten kein Geld zu verlangen. Das sei die rote Linie, hatte er erklärt. Rimbach war drauf und dran gewesen, bei der Heiligen Jungfrau zu schwören, was Geiger gerade noch verhinderte. Er empfand es als zynisch und alles andere als vertrauensbildend.

Rimbach hatte mit den Schultern gezuckt. Er hatte wohl schon ganz andere Schwüre geleistet.

Auf dem Heimweg hatte Geiger angefangen, sich über Rimbach zu ärgern. Was erlaubte er sich eigentlich, der selbsternannte Poet? Statt dankbar zu sein, dass ihm jemand eine Perspektive aufzeigte, hatte er plötzlich einen Anspruch auf Isabella angemeldet. Selbst wenn es ein Scherz sein sollte, blieb es eine Beleidigung.

Auf einmal hatte ihn die Angst gepackt, Angst vor der Szene, die unweigerlich bevorstand. Wenn Isabella ihn tatsächlich vor die Alternative stellte? Entweder du machst mir ein Kind, oder ich besorge es mir von einem anderen. War es da überhaupt moralisch vertretbar, wenn er sich weiter verweigerte?

Und noch etwas. Warum sollte er es sich nicht eingestehen? Er hatte einen Schub Eifersucht gespürt, nach einer Ewigkeit wieder. Idiotische Eifersucht. Und ausgerechnet auf Rimbach.

Sie saßen in ihrem griechischen Lokal, das etwas besser war als die anderen, vor allem weil das Gemüse nicht so verkocht war. Sie waren sich sofort einig gewesen, dass sie ausgehen wollten, hatten beide das Bedürfnis gehabt, sich etwas von ihrem früheren Leben zurückzuerobern, sich nicht länger tyrannisieren zu lassen von ihrer weinerlichen Untermieterin, die hartnäckig das Badezimmer besetzt hielt. Heilende Kräfte hin oder her.

Auch musste gefeiert werden.

Isabella war mit der Gewissheit aufgestanden, dass sich etwas Ungewöhnliches ereignen würde. Sie war beschwingt mit dem Rad in die Galerie gefahren, ziemlich unvorsichtig auch, und hatte nur mit Glück einer sich öffnenden Autotür ausweichen können. Kaum hatte sie sich im Büro mit ihrer Kaffeetasse hingesetzt, als sich ein Besucher einfand. Sie wusste, wer es war, sie war ihm schon öfters auf Vernissagen begegnet, ein unauffällig, aber erlesen gekleideter älterer Herr mit grauem Haar und bescheidenem Auftreten, der den Namen einer bekannten Warenhauskette trug und sich sinnfindend der modernen Kunst zugewandt hatte. Er hatte sich ein paar einschlägige Beurteilungskriterien zugelegt, die er nun vor ihren Plastiken eines nach dem anderen abzurufen schien. Sie ließ ihm Zeit, bis er sich, unruhig werdend, nach jemandem umblickte, ging auf ihn zu, getragen von jener absichtslosen Liebenswürdigkeit, die sie so gut beherrschte, stellte sich ihm vor, sprach ihn mit seinem Namen an, brachte ihm einen Espresso und tat überhaupt alles, um ihm jene besondere Aufmerksamkeit zu erweisen, die er gewohnt war und die er sich gern gefallen ließ. Er erkundigte sich ausgiebig nach dem Künstler, und nach einem leisen Telefongespräch mit seiner Gattin oder seinem Berater eröffnete er ihr, eine der Plastiken, einen scheinbar unbehauenen Felsblock, kaufen zu wollen. Und für den Rest bot er eine Option an.

Der Austausch mit dem Künstler hatte sich etwas schwieriger angelassen. Erst erreichte sie ihn nicht in seinem Schweizer Bergdorf, dann meldete er sich plötzlich und verkündete in erratischen, dem Hochdeutschen abgerungenen Wortblöcken, dass er mitten in einer gewaltigen Arbeit stecke, bei welcher es um nicht weniger als Sein und Verderben gehe, und nicht gestört werden könne. Der Verkauf schien ihm wenig zu betreffen, oder er erachtete ihn als eine Unwesentlichkeit, aber immerhin war er so gnädig gewesen, ihr seine Kontonummer zu überlassen. Dann hatte er aufgehängt.

Sie stießen mit Prosecco an.

Geiger freute sich mit ihr. Er bestellte liebe Grußworte seiner Mutter, die nie gefallen waren, berichtete sein Treffen mit Rimbach und lachte, etwas hämisch, über dessen plötzliche wundersame Abneigung gegen den Alkohol. Er beruhigte sich wieder, um sich gleich darauf, etwas übertrieben über dessen stupide Idee zu ereifern, die überschüssige Tränenproduktion für ein gewinnbringendes Start-up-Unternehmen zu nutzen, was doch von einer erschreckenden geistigen Verwahrlosung zeugte.

»Warum eigentlich?«, fragte sie, verstimmt über seine Selbstgerechtigkeit.

Sie verstrickten sich, weshalb auch immer, in eine unerfreuliche Diskussion. Sie wollte nicht einsehen, was so schlimm daran sei, man könne doch über alles reden, man brauche ja keinen horrenden Preis zu verlangen, an Wallfahrtsorten werde auch viel Geld gemacht, jedenfalls müsse man das Zeug irgendwie loswerden, wenn man nicht einfach den Stöpsel ziehen wolle, und das sei allemal mit Arbeit verbunden. Er war bestürzt, hatte wenigstens in dieser Hinsicht Einmütigkeit vorausgesetzt, und sein erregtes Statement, zu dem er sich verstieg, er wolle nicht als Betrüger vor Gericht gestellt werden, hatte am Nebentisch interessierte Mithörer.

Zum Glück kam das Essen.

Sie hatten Zeit, sich ihre Gedanken zu machen, während sie auf die riesige Fischplatte starrten.

»Ich kündige morgen«, sagte Geiger.

Isabella reagierte nicht. Sie suchte sich bedächtig Fischstücke aus und legte sie auf ihren Teller, sodass er sich schon fragte, ob sie ihn überhört hatte. Plötzlich legte sie das Besteck nieder. Als sie aufsah, liefen Tränen über ihre Wangen.

»Du musst immer alles verderben«, sagte sie.

Wieso *immer*, dachte er.

Sie griff sich ihre Tasche und stand auf, schritt aufrecht

durch die Tische, begleitet von den Blicken neugieriger Gäste. In der Annahme, dass sie auf die Toilette gegangen sei, wandte er sich dem Essen zu. Als sie nach einer Viertelstunde noch nicht zurückgekehrt war, wusste er, dass sie das Lokal verlassen hatte.

Er schenkte sich Weißwein nach. Die Flasche hat einiges gekostet, und er sah keinen Grund, sie dem Personal abzutreten.

Vor der Haustür traf Geiger auf Herrn Anderson, den bejahrten Mieter der Parterrewohnung, der darauf wartete, dass sein etwas vertrottelter Spaniel sein abendliches Herumschnüffeln beendete.

»Haben Sie auch einen Rundgang gemacht?«, fragte Herr Anderson.

»Kneipe.«

»Gerade so.«

Herr Anderson, ein großer, etwas gebeugter Mann, den nichts so schnell aus der Ruhe brachte, schien zu bedauern, dass er nicht mit von der Partie war. Seine Bekundungen hatten stets einen hintersinnigen Nachklang, auch wenn es nur um die alltäglichen Banalitäten ging.

Geiger bemerkte, dass er eine Hüfte schonte.

»Alles in Ordnung?«

»Ach, nicht der Rede wert«, wehrte Herr Anderson ab.

Geiger stieß die Haustür auf, ließ dem alten Herrn und dem inzwischen angetrotteten Spaniel, der sich stur durch seine Beine drängelte, den Vortritt.

»Man denkt immer, man wird gesünder, wenn man älter wird«, sagte Herr Anderson, »aber so ist es nicht.«

Er schnupperte.

»Ah, der Rosenduft.«

Tatsächlich hing ein leichtes Rosenaroma im Treppenhaus. Geiger fiel es schon nicht mehr auf.

»Ich wette, die Dame von oben«, wisperte Herr Anderson und sperrte seine Wohnung auf.

»Die Dame von oben«, das war Frau Werth aus der zweiten Etage, eine gebieterische Atemtherapeutin in den Fünfzigern, die, stets in Eile, in weiten Gewändern die Treppe hinauf- und hinunterstampfte, sodass sich die Mitbewohner, betäubt von einer Welle garantiert naturbelassener Parfums, veranlasst sahen, sich eilig an die Wand zu drücken.

Geiger hatte schon von der Straße aus gesehen, dass die Wohnung dunkel war. Er holte die Whiskyflasche aus der Küche, setzte sich im Wohnzimmer auf die Couch, machte den Fernseher an. Felicity legte sich neben ihn, und gemeinsam schauten sie sich eine Dokumentation über den Spanischen Bürgerkrieg an.

Sie haben beschlossen,
die Madonna soll nicht weinen,
sie soll keine Tränen vergießen.

Sie haben beschlossen,
die Madonna darf segnend erstarren,
sie darf fürbittend versteinern.

Aber sie soll sich,
um Himmels willen,
nicht gehen lassen.

Sie ersinnen Apparate,
die beweisen sollen,
dass ihre Tränen falsch sind.

Ich frage mich:
Warum nicht gleich
ein Wunder wirken?

TR

Auf dem Weg zum Bäcker hätte Winkler am liebsten allen Passanten zugerufen, oben in seinem Bett liege die wunderbarste Frau von München. Nicht aus Angabe, sondern um sich der Tatsache zu vergewissern, einer Tatsache, die sich bereits verführerisch als selbstverständlich festzusetzen begann. Er wollte mit aller Kraft dagegen ankämpfen. Es musste etwas Atemberaubendes, Sensationelles bleiben – so unverhofft und überwältigend, wie es gestern Abend über ihn gekommen war. Allerdings durfte er nicht zu übermütig werden, damit Madame Fortuna, die alte Schlampe, nicht mitkriegte, dass ihr ein Fauxpas unterlaufen war.

In der Schlange im Laden aktivierte er sein Handy. Brigitte hatte inzwischen dreimal angerufen und eine ganze Reihe SMS verschickt. Das sah nach höchster Alarmstufe aus, und er hoffte, dass sie nicht gerade jetzt einen Selbstmordversuch inszeniert hatte. Seit sie in der vorletzten Nacht, nach einer katastrophalen Aussprache, kleiderzusammenraffend ausgezogen war, hatte sie sich in eine Telefonstalkerin verwandelt. Auf hemmungslose Beschimpfungen folgten schluchzende Selbstanklagen. Im Institut war sie nicht aufgetaucht, hatte sich krankschreiben lassen, immerhin das.

Er hatte nicht bemerkt, dass er an der Reihe war, und die Verkäuferin musste ihn zweimal auffordern, bevor er hastig auf die Semmeln deutete.

»Vier. Und die Schokolinsen.«

Winkler fand Isabella in der Badewanne.

»Wie sehr ich das vermisst habe.«

»Was?«

»Eine Badewanne.«

Plötzlich erinnerte er sich wieder. Er hatte erst nicht richtig hingehört, als sie im Bett davon angefangen hatte, hatte nur träumerisch ihrer Stimme gelauscht.

»Hörst du mir überhaupt zu?«, hatte sie schließlich gefragt.

Da hatte er erst begriffen. Was sie ihm so leichthin erzählte, wie aus einer Laune heraus, war keine liebenswerte Spintisiererei, eine Seite an ihr, die er erst noch entdecken musste, sondern wollte ernst genommen werden.

Er war sprachlos gewesen.

»Du meinst echt?«

»Natürlich. Glaubst du, ich bin gestört?«

»Aber … Ikonen weinen nicht …«

»Das habe ich auch gedacht.«

Fast hätten sie ihren ersten Streit gehabt. Er insistierte nicht weiter, und ihr fiel auf einmal auf, dass sie einen gewaltigen Durst hatte. Er reichte ihr die Mineralwasserflasche, und sie trank sie ohne abzusetzen aus, keuchte danach eine ganze Weile.

Sie ließ vergnügt Schaumblasen aufsteigen.

»Du machst dich lustig über mich«, sagte er.

»Weil du mir nicht glaubst.«

»Das glaube ich nicht in tausend Jahren.«

Er beugte sich über die Wanne, stützte sich mit den Händen an den Rändern ab, wollte sie küssen.

Sie schob ihm impulsiv eine Schaumwolke ins Gesicht.

Er schoss beleidigt hoch, rieb sich die Augen.

»Hey, das ist nicht komisch.«

Sie wusste, dass sie jetzt ernst und erwachsen sein sollte, aber sie hatte keine Lust dazu. Was passiert war, war passiert. Die Konsequenzen würden sie früh genug einholen, in welcher Form auch immer. Im Moment bedauerte sie nur, dass sie in einer vertrauensseligen Anwandlung die Madonna ins Spiel gebracht hatte. Wahrscheinlich war es sinnvoll, ihn darin zu bestärken, in ihr eine bezaubernde Lügnerin zu sehen.

»Strafe muss sein«, sagte sie.

»Ich fahr dich nach Hause. Dann werden wir ja sehen.«

»Das halte ich für keine so gute Idee.«

»Warum?«

»Weil ich erst zu mir kommen muss.«

Das sollst du aber nicht, wollte er aufschreien.

Ein Windstoß war in sein Kartenhaus gefahren, hatte daran gerüttelt, aber noch hielt es stand.

Das Telefon klingelte im Wohnzimmer. Er hatte es in die Dose gesteckt, als er zurückgekehrt war.

»Das ist sie«, sagte er düster.

Er ließ sich auf den Wannenrand fallen, starrte auf die fleckige Fußmatte, rührte sich nicht. Allein die Vorstellung, *sie* könnte eine neue Runde des Terrors einläuten, schien ihm alle Kraft abgezogen zu haben.

Isabella empfand jähes Mitleid.

»Geh ran«, befahl sie ihm.

»Ich kann nicht mehr«, murmelte er.

Aber er ging folgsam hinaus. Als er zurückkam, war sie

aus der Wanne gestiegen und hatte sich seinen schmutzgrauen Bademantel angezogen. Die Nähte lösten sich, er brauchte einen neuen.

»Für dich«, sagte er.

Sie sah ihn fragend an, nahm das Telefon, wandte sich dem Spiegel zu, musterte kritisch ihr Gesicht.

»Marcel? Was ist?«

Isabella war erleichtert, dass Marcel so viel Feingefühl besessen hatte, vor ihrem Eintreffen die Wohnung zu verlassen. Felicity folgte ihr überallhin, als spürte sie, dass etwas geschehen war, das die häusliche Harmonie gefährdete. Sie wollte nicht so weit gehen, aus ihrem Verhalten einen Vorwurf abzulesen, aber sie war ziemlich sicher, dass die Katze, dürfte sie ihre Meinung äußern, sich konservativ auf seine Seite schlagen würde.

Wie hielt es wohl die Madonna?

Das Telefongespräch mit Geiger war kurz und unbefriedigend gewesen.

»Ich habe mir Sorgen gemacht«, sagte er.

»Ich bin in guten Händen«, antwortete sie, gemeiner als beabsichtigt. Außerdem war sie nicht sicher, dass es stimmte.

Er hatte geschwiegen, mehrere Sekunden.

»Hallo?«

»Ich geh jetzt in den Verlag.«

Sie wusste, was es bedeutete, und sie hätte ihm gern vorgeschlagen, noch einen Tag mit der Kündigung zu warten, aber es wäre ihr wie ein feiger Versöhnungsversuch vorgekommen. Sie wollte nicht als die Schuldige dastehen.

»Was hat er gesagt?«, fragte Winkler.

»Was willst du hören? Dass er sich die Kugel gibt?«

Das war nun wirklich gemein gewesen, und Achim sah so deprimiert aus, dass sie ihn in die Arme nahm und streichelte. Er war aber ernsthaft besorgt, und beim Frühstück erkundigte er sich tatsächlich, ob Marcel eine Pistole besitze.

»Ich glaube, er würde dich eher auf ein Bier treffen«, hatte sie behauptet.

In der Küche trank sie einen Schluck des gekühlten Tränenwassers. Auch Felicity forderte ihren Teil, und sie füllte ihr Schälchen.

Sie wartete auf die Wirkung. Aber welche eigentlich? Gestern hatte sie sich high gefühlt. Sie hatte sich durch den Tag treiben lassen, und alles schien sich zu ihren Gunsten zu fügen, selbst im Supermarkt wurde gleich eine neue Kasse aufgemacht, sodass sie sich nicht anzustellen brauchte. Sie hatte ihre gesamten Exponate an den Mann gebracht, praktisch ohne einen Finger zu rühren, und warum sollte es nicht so weitergehen? Sie musste einfach ihren geheimsten Wünschen folgen, hatte es in ihr gejubelt. Ohne diese ewigen Bedenken. Sie hatte auch Marcel in ihre Gedankenspiele einbezogen, hatte sich ausgemalt, wie er mit einem Blumenstrauß nach Hause kommen und später am Abend, bei Kerzenlicht und einer Flasche Rotwein, sie zärtlich küssen und seinen Widerstand gegen eine Schwangerschaft aufgeben würde.

Bis beim Griechen die Blase zerplatzte.

Sie stand auf, ging ins Badezimmer, ließ sich auf den Hocker nieder.

»Was hast du mit uns gemacht?«, klagte sie die Madonna an, die gleich einen Tränenschwall produzierte. Oder bildete sie sich wieder etwas ein?

Sie hatte keine Antwort erwartet, und sie erhielt auch keine. Sie schloss die Augen, versuchte sich zu entspannen, aber es wollte sich keine Ruhe, kein Zusichkommen, kein Aufatmen einstellen. Im Gegenteil, es hatte sich alles schrecklich verkompliziert und nur eines war gewiss. Von allein würden sich die Probleme, die sie losgetreten hatte, bestimmt nicht lösen.

Als Isabella mittags die Galerie verließ, um sich beim Chinesen gegenüber ein Reisgericht zu holen, kam ihr Geiger entgegen. Er schloss sich ihr an, ließ sich das Gleiche geben, machte am Take-out auch einen Scherz, über den sie großzügig lachte, was die Situation aber nicht auflockerte, sondern irrealer machte.

Darauf saßen sie im Büro, die Plastikbehälter in den Händen, und führten einander ihre Geschicklichkeit mit den Stäbchen vor. Er schien aufgedreht und sie musste sich zusammennehmen, um nicht beleidigt zu sein.

Er fing kauend zu erzählen an. Die Aussprache mit dem Cheflektor war weitaus positiver verlaufen, als er befürchtet hatte. Der Mann, der eigene literarische Ambitionen ins Rentenalter verlagerte, hatte sich aufgeschlossen, ja anteilnehmend gezeigt, und bei einem frühen Whisky hatte er ihm angeboten – vorausgesetzt, der Verlagsleiter war einverstanden –, nach einem Sabbatical, währenddessen er sich künstlerisch austoben konnte, wieder in den Verlag zurückzukehren. Selbst die Möglichkeit eines Vorschusses war gestreift worden, aber dazu mussten erst ein paar Kapitel vorliegen. Geiger, der eigentlich einen radikalen Bruch wollte, hatte zugesagt, sich das Angebot zu überlegen.

»Was gibt's da zu überlegen?«, fragte sie.

»Kann dir doch egal sein«, antwortete er. Es sollte flapsig klingen, aber sie hörte die Bitterkeit.

Die Realität hatte sie eingeholt.

Isabella hatte einen kurzen Flash gehabt, die Madonna hätte alles zum Guten gewendet, aber offenbar hatte sie andere Pläne. Oder waren ihr die Hände gebunden, wenn sich die Menschen zu einfältig aufführten?

»Es ist einfach passiert.«

»Ausgerechnet Achim.«

»Warum ausgerechnet?«

»Der hat dir schon immer hinterhergehechelt.«

»Das ist gemein.«

»Genau. Der kriegt eins auf die Fresse, wenn er bei uns antanzt.«

Sie hatte ihn richtig eingeschätzt, obwohl sie seine Aggressivität überraschte. Marcel würde sich niemals eine Pistole in den Mund stecken. Oder sich ersatzweise in die Badewanne legen und mit dem Schweizermesser die Pulsadern aufschlitzen. Wobei letztere Variante bei ihnen zur Zeit kaum praktikabel war. Klare Ansage, schien er sich vorgenommen zu haben, was sonst nicht gerade seine Stärke war.

»Zieht ihr zusammen?«, fragte er beiläufig und öffnete seine Bierdose.

»Du kannst es nicht erwarten.«

Sie durfte jetzt nicht zu heulen anfangen, so sehr ihr danach war. Immerhin war es sein unsensibles Verhalten gewesen, weshalb sie, haarscharf einer Kollision mit einem gläserbeladenen Kellner entgehend, aus dem Lokal gestürmt war. Und wäre er ihr nachgelaufen, hätte sie in die Arme genommen und eine Entschuldigung gehaucht, sie wäre mit ihm zu ihrem Fischteller zurückgekehrt, statt sich einsam und traurig in ein Taxi zu setzen und zu Achim zu fahren, der ihr soeben einen Hilferuf getextet hatte. »Bin am Durchdrehen«. Statt selbst getröstet zu werden, war sie gezwungen, verständig zu nicken und nutzlose Ratschläge anzubieten. Sie tranken zügig eine Flasche Wein und entkorkten eine weitere, und nachdem sie auch ihre eigene Litanei hatte anbringen können, entdeckten sie ihre tiefe, lang verdrängte Seelenverwandtschaft. Sie vergossen zusammen ein paar Tränen, küssten sich zögernd, zogen sich gegenseitig aus, lagen lange umschlungen im Bett, ohne nach mehr zu verlangen, bis sich auch der Rest ergab.

»Liebst du ihn denn?«

»Weiß ich noch nicht.«

»Also nicht.«

»Liebst *du* mich?«

»Das weißt du doch.«

»Dann beweise es gefälligst.«

»Wie? Hier?«

Geiger war sich bewusst, dass er die Antwort schuldig blieb. Nachdem er am Morgen in der ersten Wut sinnlos den Katzennapf getreten hatte, was bei Felicity nicht gut angekommen war, hatte er schnell eingesehen, dass sich durch die neue Situation auch einiges erledigte. Er konnte ohne innere Belastung kündigen, er konnte jederzeit seinen Koffer packen und in Florida oder besser in Andalusien eine kleine

Wohnung mieten – und schreiben, schreiben, schreiben. War es der Beweis, dass er Isabella nicht liebte? Sie hatte ihm geschickt den Schwarzen Peter zugespielt. Das änderte freilich nichts an der Tatsache, dass sie ihn betrogen hatte.

»Du machst es dir zu leicht«, sagte er. »Ich kann nicht –« Er brach ab.

»Was kannst du nicht?«

Isabella wollte nicht nachhaken. Die Mittagspause war kaum das Zeitfenster, um nachhaltige Entscheidungen zu treffen. Sie hatte eine Weiche gestellt, aber das bedeutete nicht, dass die Strecke auch befahren werden musste. Wahrscheinlicher war es, dass sich ein Provisorium einstellte, das ihnen Zeit ließ, herauszufinden, wohin das Pendel ausschlug. Wenn er seine Freiheit wollte, sollte er sie haben. Ohnehin gab es jetzt einen Dritten, der berücksichtigt werden wollte.

Sie wunderte sich, dass sich Achim noch nicht gemeldet hatte. Natürlich hatte er sein eigenes häusliches Drama zu bewältigen, und wenn sie eines nicht wollte, dann, in eine offene Rivalität mit dieser trüben Brigitte einzutreten. Durchaus möglich, dass er gerade reumütig in der Kantine saß und ihr den Irrtum der vergangenen Nacht beichtete.

Geiger sah auf die Uhr.

»Ich muss los. Ein Autor wartet darauf, von mir geschlachtet zu werden.«

»Wann lassen sie dich von der Leine?«

»An Weihnachten ist Schluss.«

»Und wie verbleiben wir?«

»Ich zieh ins Arbeitszimmer.«

»Okay.«

Sie wartete das Klingeln der Ladentür ab, bevor sie ihr Handy aufnahm. Achim hatte ihr ein purpurnes Herzchen gepostet. Sie verzichtete darauf, mit einem Smiley zu antworten.

Wenig später war er selbst dran. Er hatte Aufregendes zu berichten. Eine veränderte Brigitte war im Institut erschienen, ruhig und gesammelt, als hätte sie sich einen Tranquilizer verschreiben lassen, und sie hatten in der Kantine vernünftig miteinander gesprochen. Er hatte sie nicht geschont und ihr zu verstehen gegeben, dass er jetzt mit ihr, Isabella, zusammen sei, und sie hatte es gefasst, wenn auch bedrückt aufgenommen. Er traute dem Frieden nicht, aber er war zuversichtlich, das Schlimmste überstanden zu haben. Was sie essen wolle, er sei gerade beim Einkaufen, sie könnten doch am Abend etwas Schönes zusammen kochen.

Isabella lehnte ab, etwas zu kaltschnäuzig, wie sie selbst fand. Er hätte bestimmt versucht, sie zu überreden. Sie spürte seine Enttäuschung, aber das musste er aushalten. Sie würde sich auf dem Heimweg mit ausreichend Schrott eindecken, sich mit einer Wolldecke vor den Fernseher legen und sich in einer dieser Frauenserien verlieren. Mit Felicity als ideale Partnerin.

Anneliese Werth musste es unbedingt wissen. Seit zwei, drei Tagen hatte sie, sobald sie ins Treppenhaus trat, diesen Rosenduft in der Nase, der ihre eigenen Parfums verdrängte, mit einer leicht euphorisierenden Note, die ihre Neugier weckte und die eine belebende Wirkung auf ihre Abendmeditation hatte. Statt ihre Schritte treppab in Richtung ihrer Praxis in der Maxvorstadt zu lenken, stieg sie die Stufen hoch, mehrmals tief einatmend, bis sie vor der Tür stand, hinter der sie die Quelle des olfaktorischen Mysteriums vermutete. Sie klingelte wiederholt, bis der surrende Staubsauger abgestellt wurde.

»Schon da, schon da«, hörte sie eine singende Stimme rufen.

Ivanka machte auf.

»Ah, Frau Werth«, sagte sie.

»Sie kennen mich?«

»Von Sehen.«

Felicity kam zielstrebig aus der Küche angetrabt, mit aufgestelltem Schwanz, wie sie es sonst nur bei Isabellas Heimkehr tat.

»Felicity, hier bleiben«, befahl Ivanka und hob die heranlaufende Katze am Bauch hoch.

»Ach, Felicity heißt sie«, sagte Frau Werth und kraulte das Tier. »Aber wir kennen uns. Sie huscht wieder jeden Morgen durch die Balkontür und sieht sich nach was Essbarem um. Die Strölchin.«

»Wenn Frauchen hören«, drohte Ivanka.

»Ist jemand von den Herrschaften hier?«, erkundigte sich Frau Werth und blickte interessiert in die Wohnung.

»In Arbeit.«

»Hm.«

Frau Werth schnupperte.

»Sie wissen nicht zufällig ... dieser betörende Duft ... Ich hätte Frau Hohenberg gern gefragt ...«

Ivanka wusste gleich Bescheid.

»In Badezimmer.«

»Wie bitte?«

»Bitte sehen.«

Sie setzte die Katze ab, ging voran den Korridor entlang. Frau Werth zögerte ein paar Sekunden, bevor sie die Wohnungstür schloss und ihr folgte.

Ivanka stand vor der Badezimmertür und drückte mehrmals die Klinke, um zu demonstrieren, dass sie abgesperrt war. Felicity schnüffelte an der Schwelle herum.

»Geheime Experiment«, sagte Ivanka bedeutungsvoll.

»Experiment? Was für ein Experiment?«

»Nichts wissen.«

Frau Werth wusste nicht, wie sie die Person einschätzen sollte. Falls sie sich Impertinenzen erlaubte, war sie an die Falsche geraten.

»Wie ist Ihr Name?«

»Ivanka.«

»Dann hören Sie, Ivanka«, sagte sie herablassend. »Richten Sie Frau Hohenberg einen schönen Gruß aus.« Sie wandte sich zum Gehen. »Ich möchte in ihrer Abwesenheit nicht ...«

Ivanka machte ein schlaues Gesicht.

»Wollen Schlüssel?«

Ohne auf ihre Zustimmung zu warten, öffnete sie die Truhe, griff unter das dort aufbewahrte Bettzeug und streckte ihr stolz einen Schlüssel hin.

Frau Werth hatte das Gefühl, in eine Falle gelockt zu werden.

»Warum schließen Sie nicht selbst auf?«

»Nicht trauen.«

»Ach, und ich soll mir die Hände verbrennen?«

Sie nahm den Schlüssel an sich. Sie war keine Frau, die sich schnell einschüchtern ließ, und hier lag offensichtlich Handlungsbedarf vor.

»Auf Ihre Verantwortung«, sagte sie und steckte den Schlüssel ins Schloss.

Sie sah nichts Verdächtiges. Zunächst registrierte sie nur das grünliche und offenbar heftig schamponierte Badewasser, das aus irgendeinem Grund nicht abgelassen worden war, und auf dem passend grün gekachelten Boden drei aufgereihte Kanister. Sie hörte ein Murmeln hinter sich. Ivankas Lippen bewegten sich, sie bekreuzigte sich mit aufgerissenen Augen und markierte einen Kniefall – mehr gaben ihre Kreuzschmerzen nicht her. Da gewahrte sie erst, dass das eingangs übersehene Bildchen über der Wanne wie ein aufgehängtes Wäschestück tropfte.

»Sie haben es gewusst«, sagte sie.

Ivanka hielt erschrocken inne.

»Nur schnell aufmachen und gleich zu«, verwahrte sie sich.

»Und das ist genau, was wir tun werden. Ein Madonnenwunder hat mir noch gefehlt.« Sie schob Ivanka, die sich schnell noch dreimal bekreuzigte, durch die Tür und vertrieb mit der Schuhspitze auch die widerborstige Katze. Dann schloss sie ab, reichte ihr den Schlüssel.

»Verstecken Sie den wieder. Und behalten Sie für sich, was Sie hier gesehen haben. Sie wollen doch keine Schwierigkeiten?«

Ivanka war empört.

»Ich nichts sagen.«

Am Abend hatte Geiger seine erste Spanischstunde.

Nach der Plauderei mit dem Cheflektor hatte er im ersten Überschwang einem Kollegen erzählt, dass er sich für ein Jahr in ein andalusisches Bergdorf verkriechen wolle, um in der Abgeschiedenheit an seinem Buch zu arbeiten. Wie ein mittelalterlicher Mönch. Er hatte als Student eine Zeitlang Spanisch gelernt, konnte es auch ganz gut, aber seine Deklinationen waren fehlerhaft. Der Kollege wusste von einer spanischen Studentin, die nebenbei Sprachstunden gab, und organisierte etwas angeberisch die Telefonnummer. Geiger rief sofort an. Julia López hatte zufällig abends einen Termin frei, da ein anderer Schüler abgesagt hatte, und wäre gern zu ihm in die Wohnung gekommen. Das war unter den Umständen nicht machbar.

Er war gleich angetan, als sie ihm die Tür öffnete. Sie war unkompliziert, behandelte ihn wie einen Bekannten, ihre lebendigen dunklen Augen überstrahlten ihr Gesicht und nahmen ihm die Strenge, die es in stillen Momenten hatte. Sie setzten sich in das einzige Zimmer, er auf die Couch, sie auf einen Sessel, zwischen ihnen ein niedriger Tisch, darauf ein paar Sprachbücher und Hefte. Sie fing gleich an, ihn zu testen, und erkannte schnell, dass er etliche Baustellen hatte.

Sie stellte ihm Fragen, auf die er auf Spanisch antworten sollte. Er suchte die richtigen Worte, sie korrigierte ihn, und unter Stottern und Stocken, zwischendurch immer wieder ins Deutsche fallend, worauf sie darauf bestand, dass er die Sätze auf Spanisch wiederholte, entwickelte er allmählich seine andalusischen Pläne. Sie war neugierig geworden, wollte die Romanhandlung erfahren, und er musste schließlich passen. Das klang einfach zu stümperhaft, was er ihr da ablieferte.

Plötzlich war Schluss. Er starrte ungläubig auf ihren Wecker. Sie diktierte ihm ein paar Bücher, die er kaufen sollte, und versorgte ihn mit Hausaufgaben, bis er sie stoppte. Er wollte schon am folgenden Tag wiederkommen, aber sie meinte, er solle erst ein paar Verben lernen.

Eine Einladung zu einem Glas Wein lehnte sie freundlich ab. Sie hatte noch zu arbeiten.

»Vielleicht ein anderes Mal«, sagte sie in ihrem einnehmenden Singsang.

Als Geiger die Straße zum Volvo überquerte, drängte es ihn, irgendwem zu danken.

»Danke, Allergütigste, danke.«

Wofür genau, war ihm nicht klar.

Geiger hatte eigentlich erwartet, einen schleimigen Winkler in der Küche anzutreffen, und er hatte sich auf der Heimfahrt, sich in eine kalte Wut steigernd, auf eine Auseinandersetzung eingestimmt, die ihn zum moralischen Sieger erheben würde. Verwundert hörte er deshalb aus dem Wohnzimmer zwei Frauenstimmen, die sich offenbar Wichtiges anzuvertrauen hatten.

»Ich darf gar nicht daran denken«, sagte Isabella verzagt. »Ich bin jetzt schon am Rande eines Nervenzusammenbruchs.«

»Das muss nicht sein«, antwortete ruhig die andere

Stimme, die ihm bekannt vorkam. »Wenn Sie es als ein Geschenk betrachten.«

Geiger trat ins Zimmer. Isabella und Frau Werth saßen auf der Couch, erstere, in ihrem Bademantel, seitlich im Schneidersitz, letztere ihr emphatisch zugewandt. Frau Werth stand sofort auf.

»Bleiben Sie doch sitzen«, sagte er, als sie ihm schon die Hand reichte.

»Werth.«

»Geiger.«

Ihr Händedruck war zupackend, begleitet von einem wissenden Blick, der ihn argwöhnen ließ, dass sie gerade lückenlose Informationen über ihn erhalten hatte.

»Schön, dass wir uns kennenlernen, Herr Geiger.« Sie drehte sich zu Isabella um. »Frau Hohenberg war so liebenswürdig, mich hereinzubitten.«

»Sie weiß es«, sagte Isabella nur.

Frau Werth setzte sich wieder.

Das vormittägliche Erlebnis hatte ihr keine Ruhe gelassen. Sie hatte ihre Behandlungen durchgezogen, ohne richtig fokussiert zu sein, und natürlich war es bei ihren Patienten nicht unbemerkt geblieben. Ihren Abendkurs hatte sie kurzerhand abgesagt. Sie musste der Sache auf den Grund gehen.

Sie zweifelte Wunder nicht grundsätzlich an. Sie waren eine Tatsache des Lebens, selbst wenn sie nachträglich rationalisiert oder als Zufälle abgetan wurden. Was sie zutiefst abstieß, waren Marienerscheinungen jeglicher Art, mit all dem Getöse aus inbrünstigen Massen und heuchlerischem Kommerz, diese ganze emotionale Aufgeladenheit, die solche Ereignisse kennzeichneten. Mochte dahinterstecken, was wollte, das konnte damit nicht gemeint sein. Vielleicht gab es Menschen, die dadurch aus ihrer Lethargie gerissen wurden, doch sie gehörte nicht zu ihnen.

Aber das hier war anders. Das war eine intimere Angelegenheit. Kaum hatte sie an der Tür vorsichtig ihr Anliegen vorgetragen, als Isabella sie fast ihn die Wohnung zerrte, aus Sorge, die Nachbarn könnten etwas aufschnappen und falsche Schlüsse ziehen. Die junge Frau im blauen Bademantel, die ohne sich abzutrocknen aus der Dusche geeilt war, führte sie kommentarlos ins Badezimmer und zeigte ihr mit einem kleinen Seufzer die unermüdlich, wenn auch sparsam weinende Madonna. Im Wohnzimmer, bei einer Tasse frischen Ingwertees, ließ sie mit sichtlicher Erleichterung – vielleicht die Gelegenheit einer kostenlosen Therapiestunde nutzend – alles heraus, von der angeblich von einem aggressiven Krebs geheilten Katze bis zum aktuellen Stand ihrer Beziehungskrise. Alles Begebenheiten, die ihr wie eine logische Abfolge sich intensivierender Verwicklungen erschienen, die im Badezimmer ihren Ausgang genommen hatten. Und wer wusste, wohin das alles noch führte?

Geiger blieb unbeholfen stehen. Die neue Allianz, der er sich gegenübersah, war ihm nicht geheuer. Aber er musste sich ihr stellen.

»Sie wissen es?«, fragte er. »Wie das? Sind Sie Hellseherin?«

Er ließ sich in den nächsten Sessel fallen.

»Weil es zum Himmel stinkt!«, rief Isabella und bewegte sich aus dem Schneidersitz.

»Wer weiß noch davon?«, fragte Frau Werth, um einen sachlichen Ton bemüht.

Geiger und Isabella sahen sich an.

»Nur Rimbo«, sagte er. »Der Verursacher.«

»Und Achim«, sagte sie. »Aber der denkt, ich hab 'ne Meise.«

»Mit Ivanka macht das drei«, sagte Frau Werth, die sich bereits zum inneren Zirkel zählte.

»Ivanka?«

»Sie hat den Schlüssel gefunden«, sagte Isabella indigniert, als sei es seine Schuld. Es war ihre Idee gewesen, den Schlüssel in die Truhe zu stecken.

»Ich denke, sie wird den Mund halten«, sagte Frau Werth. »Sonst kommt sie noch in den Ruf, in den Wohnungen herumzuspionieren.«

Geiger war überrascht, wie schnell er zu dieser, wie er fand, doch recht autoritären Person Zutrauen fasste. Frau Werth schien gewillt zu sein, für das Phänomen die Verantwortung zu übernehmen. Ihre Kompetenz war unbestreitbar, was sie durch einen kleinen Vortrag bekräftigte. Sie glaubte, wenn er sie richtig verstand, an die Existenz hoher Geistwesen, welche die Evolution der Menschheit überwachten und lenkten. In den Grenzen, die der freie Willen der Menschen ihnen setzte. Sie waren es auch, die in die Naturgesetze eingriffen, indem sie gegebenenfalls das steinerne Herz einer Marienstatue erweichten, um die Gläubigen aufzurütteln. Mit welcher Absicht? Darüber ließ sich nur spekulieren. Da in ihrem Fall eine Ikone in Privatbesitz manipuliert wurde, war anzunehmen, dass die Botschaft für einen kleinen Personenkreis gedacht war. Mit anderen Worten, sie brauchten sich nicht den Kopf zu zerbrechen, inwiefern es zum Beispiel ihre Pflicht war, die heilsamen Tränen der Allgemeinheit zugänglich zu machen. Wenn sie sich vertrauensvoll dem äußeren und inneren Geschehen öffneten, dann würde sich alles finden.

Das klang beruhigend, wenn auch kaum ersichtlich war, was es konkret bedeutete. Konnten sie einfach so weitermachen? Immerhin hatte sich schon einiges ereignet, das vielleicht weitreichende Konsequenzen hatte. Aber das war es wahrscheinlich – »das äußere und innere Geschehen«, dem sie sich überlassen sollten.

Felicity kam hereingeschlichen.

Isabella hatte gleich Gewissensbisse. Hatte sie nicht soeben die Heilung ihrer Katze auf beschämende Weise heruntergespielt? Sie hatte erstaunt zugehört, was da aus ihr herauswollte, dieses kindliche Aufbegehren gegen eine unerbetene Einmischung, das sich in ihr aufgestaut hatte. Es war keineswegs nur ein schräges Geschenk, was ihnen zugefallen war, sondern es bedeutete auch, wie ihr allmählich bewusst wurde, eine gewaltige Herausforderung, die sie erst annehmen mussten. Darüber hatte sie wohl vergessen, dass sie vor wenigen Tagen, um Felicitys Leben zu retten, jeden Teufelspakt unterzeichnet hätte.

Sie versuchte ihr Miezchen anzulocken, doch es ignorierte sie, setzte sich stattdessen vor Frau Werth auf die Hinterpfoten und machte aufdringlich miauend auf sich aufmerksam.

»Wen haben wir denn da?«

Frau Werth hob Felicity unbeeindruckt hoch und reichte sie an ihre Nachbarin weiter.

»Schäm dich, du Katzenvieh«, flüsterte Isabella.

Geiger hatte nachdenklich zugesehen.

»Wir verfahren wir mit der Tränenflut?«, fragte er. »Wir ertrinken bald darin.«

»Ist es denn so viel?«, wunderte sich Frau Werth.

»Da kommt einiges zusammen. Die Soße vermehrt sich schneller, als man glaubt.«

»Tatsächlich?«

»Soll ich den Stöpsel ziehen?«

Frau Werth war nun doch etwas schockiert. Aber sie beherrschte sich.

»Das wäre schade«, sagte sie. »Wenn Sie nichts dagegen haben ...«

»Sie können gern einen Kanister mitnehmen.«

Geiger saß vor dem Bildschirm. Er hatte sein Romanfragment aufgerufen, um es definitiv zu löschen, doch dann hatte er sich festgelesen. So schlecht war das nicht. Er fing zu korrigieren an.

Isabella öffnete die Tür, ließ ihre Hand auf der Klinke ruhen. Sie hatte Felicity auf der Schulter, alles schien wieder gut zu sein zwischen den beiden.

»Wie findest du sie?«, fragte sie.

Geiger wartete ein paar Sekunden, bis er sich von seinem Text löste. Er war in seiner Welt, und dass sie ihn stören durfte, war ein Beweis seines Respekts für sie, das sollte sie begreifen. Sie gefiel ihm heute Abend. Mit diesem Ausdruck einer Schiffbrüchigen, die im aufgewühlten Wasser einen Rettungsring schaukeln sieht. Er hätte den Satz am liebsten gleich aufgeschrieben.

»Wir sollten ihr die Ikone abtreten«, sagte er. »Dann hätten wir ein Problem weniger.«

Sie lachte.

»Keine schlechte Idee«, meinte sie. »Andererseits …«

Sie ließ den Gedanken hängen.

»Arbeitest du?«

»Ach …«

Er suchte nach etwas Versöhnlichem, ohne zu kompromissbereit dazustehen.

Draußen klingelte ihr Handy. Es schien ihr ungelegen zu kommen. Sie holte die Katze von der Schulter.

»Das ist Achim. Der bringt sich noch um. Ich hab ihn schon dreimal weggedrückt.«

»Bitte.«

Sie drehte sich um.

»Und schließ bitte die Tür.«

Ein leises Klicken. Er war wieder allein.

Er las noch einmal den letzten Absatz. Die Worte hatten ihre einzigartige Aura verloren, waren schal und austauschbar geworden. Er klappte den Laptop zu.

Er dachte an Julia López.

Er stand auf, holte die spanische Grammatik aus dem Regal und legte sich auf die Ledercouch, auf welcher schon sein Bettzeug ausgebreitet war. Schließlich hatte er Hausaufgaben zu erledigen.

Du gehst zum Arzt, du fühlst dich krank,
du ziehst dich aus, liegst auf der Bank.
Er klopft dich ab, er fragt dich aus,
er zapft dein Blut, oh Graus, oh Graus.

Du kommst nach Hause, wartest ab,
du denkst das Schlimmste, bist ganz schlapp.
Du bleibst im Bett, den halben Tag,
trinkst Kräutertee, wer's mag, wer's mag.

Du sitzt beim Arzt, er macht sich schlau,
die Werte schlecht, Befinden flau.
Die Spritze wirkt, und überhaupt
wird alles gut, wer's glaubt, wer's glaubt.

TR

Der Kellner hatte sie mit Handschlag begrüßt.

»Ah, il poeta«, hatte er ausgerufen, und alle Köpfe waren herumgeflogen.

Rimbach hatte sich geschmeichelt zu Leutseligkeiten bewegen lassen.

»Hat dein Schwager wieder zugeschlagen?«

»Leider keine Zeit«, hatte der Kellner gesagt. »Viel Arbeit.«

»Man darf sein Talent nicht verkommen lassen.«

»Nein, nein«, hatte der Kellner erschrocken beteuert. »Nicht verkommen. Viel Arbeit.«

Dann hatte er die Bestellung aufgenommen.

Der Kellner hatte Rimbach trotz seines veränderten Aussehens erkannt. Mit seinem neuen Kurzhaarschnitt, frisch rasiert, angetan mit Geigers ausgemustertem dunklem Cordsamtsakko, dem weißen Hemd darunter, das ihm Tante Lilli gebügelt hatte, das Ganze abgefedert von seinen verblassten Jeans und den abgetretenen Cowboystiefeln, wirkte er wie eine virtuelle Version seiner selbst.

Das Vorstellungsgespräch beim Cheflektor war gut gelaufen. Geiger hatte die beiden nach den ersten Sätzen allein lassen können. Sie tauschten sich über Kafka und Bukowski aus, und Rimbach profilierte sich mit der Aussage, seit Shakespeare befinde sich die Literatur in einer stetigen Abwärtsbewegung. Der Cheflektor wollte das so nicht stehenlassen, aber er liebte radikale Statements. Zum Abschied überreichte ihm Rimbach ein paar ausgewählte Gedichte. No strings attached.

Er könne nichts garantieren, hatte der Cheflektor gesagt und die handbeschriebenen Blätter unbesehen auf einem Papierstapel abgelegt.

Rimbach hatte auf dem Weg ins Lokal ununterbrochen geredet. Plötzlich schien ihm alles möglich. Er habe sich noch gar nicht entschieden, ob das Verlagsgeschäft das Richtige für ihn sei, verkündete er. Die sollen erst mal einen Gedichtband herausbringen, dann sehe man weiter. Vielleicht steige er überhaupt in die Konzertpromotion ein, er kenne einen Typen, der suche einen smarten Partner. Eine völlig neue Arena, die sich ihm da eröffne.

Geiger hatte geschwiegen. Vielleicht war es ein Fehler gewesen, Rimbach als Austauschspieler vorzuschlagen. Er zweifelte plötzlich, dass dieser der Herausforderung charakterlich gewachsen war. Der kriegte mehr Aufwind, als ihm zuträglich war. Und falls er in einem Jahr in den Verlag zurückwollte? Tut uns leid, Herr Geiger, daran hätten Sie früher denken sollen. Aber das war Unsinn. Er wollte nicht damit beginnen, das Netz zu knüpfen, das ihn später auffangen sollte.

Er nahm einen Schluck aus seinem Weinglas.

»Fängst du immer schon mittags an?«, fragte Rimbach besorgt.

»Was ist?«

Rimbach schnappte sich das Glas und nippte daran, als sei er ein Gifttester.

»Wie kann man nur!«

»Machst du jetzt den Abstinenzapostel?«

Rimbach lachte. Und dann erzählte er von seinem Arztbesuch. Mit ihm stimme etwas nicht, hatte er die Partie eröffnet, der Alkohol schmecke ihm nicht mehr. Was so schlimm daran sei, erkundigte sich der Arzt. Er habe ein Identitätsproblem, erwiderte Rimbach. Der Arzt, ein cooler Hund, habe die Gelegenheit benutzt, um ihn gründlich durchzuchecken. Belastungs-EKG und das ganze Programm. Außer einem leicht erhöhten Blutdruck habe er aber nichts gefunden, selbst die Leberwerte, wie Rimbach gerade telefonisch erfahren hatte, waren in Ordnung. Was einem Wunder gleichkam. Sein Leiden sei wohl psychosomatischer Natur, hatte der Arzt resümiert und ihm ein Placebo verschrieben.

»Was machst du jetzt?«, fragte Geiger. »Ein Leben *ohne* ins Auge fassen?«

»Keine Panik.«

Rimbach holte aus einer Plastiktüte die Tränen-Flasche, die Geiger ihm übergeben hatte, und stellte sie auf den Tisch. Er umfasste sie mit beiden Händen.

»Ich brauch sie nur zu berühren«, sagte er, »schon spüre ich die Energy.«

Geiger hielt seine Hand an die Flasche, zog sie enttäuscht wieder zurück.

»Echt?«, staunte Rimbach. »Ich steh total unter Strom, seit ich das Zeug geschluckt habe. Gestern habe ich die große Wiese gemäht. Mit der Sense, mein Lieber.«

»Weil du nicht mehr trinkst.«

»Auch möglich.«

Der Kellner brachte das Essen, plauderte ungefragt ein wenig und verzog sich wieder.

Geiger konnte es nicht länger für sich behalten. Es verschaffte ihm eine gewisse Genugtuung, dass sich Rimbach mehr darüber aufregte, als er selbst.

»Achim Winkler!«, schrie Rimbach, sodass die Köpfe wieder herumzuckten. »Dieser Leichenkosmetiker!«

»Wenigstens nicht mit dir«, sagte Geiger.

»Wie meinst du das?«

»Na ja. Was hättest du getan, wenn sie zu *dir* gekommen wäre?«

»Ich hätte ihr ins Gewissen geredet.«

»Als guter Freund.«

»Allerdings.« Rimbach konnte sich nicht beruhigen. »Das nasse Handtuch! Ich hätte ihr einen besseren Geschmack zugetraut.«

»Zum Beispiel?«

»Was soll der Scheiß? Jetzt fang nicht an, paranoid zu werden, Marcello.« Rimbach stocherte wild in seinen Spaghetti herum. »Wir stürmen nachher das Institut und verpassen ihm 'ne blutige Nase. Damit ein Zeichen gesetzt ist.«

»Das wird uns Isabella nie verzeihen.«

Das Gespräch hatte sich verfahren.

»Früher hätte ich gesagt, die Situation schreit nach einem Schnaps«, seufzte Rimbach und verstaute die Flasche. »Aber selbst das bleibt einem verwehrt. Seit einer Woche laufen wir durch die Gegend wie durchgeknallte Junkies. Wir müssen da runterkommen, Marcello.«

»Oder die Welle reiten«, sagte Geiger.

Es war der letzte Sommertag. Oder der erste Herbsttag, wie man wollte. Isabella und Winkler waren mittags in den Englischen Garten gegangen, hatten den Kleinhesseloher See umrundet und sich auf eine Bank gesetzt.

Das Wasser zwischen den beiden Inseln glitzerte verführerisch. Isabella beobachtete, wie sich die gleißende Fläche, von Windstößen bewegt, ausdehnte und wieder zusammenzog. Sie stellte sich einen Schwarm von Lichtvögeln vor, die aufgeregt die Flügel schlugen und doch nicht abheben konnten, sich wieder beruhigten und abtauchten, um sich wieder zu einem neuen Versuch zu versammeln. In einem Monat würden die ersten Blätter treiben, und man musste sein Haus gebaut haben.

Winkler prägte sich eine fette Graugans ein, zeichnete sie in Gedanken mit ein paar Strichen nach. So hatten es wohl auch die Alten Meister gehalten. Leonardo, Raffael, Rembrandt. Sie waren noch immer unerreicht, dagegen konnte die ganze Moderne einpacken, wenn man ihn fragte.

Er machte sich Sorgen um Brigitte, und er ärgerte sich darüber. Hier saß er neben der einen Frau, die noch bis vor kurzem unerreichbar für ihn gewesen war, so abgehoben, dass er sich sein Begehren niemals eingestanden hätte, und statt alles zu tun, um die neue Vertrautheit festzuhalten, folgte er zwanghaft ausgefahrenen Gedankenbahnen.

Brigitte war ihm heute im Institut unheimlich gewesen. Das in-sich-gekehrte Lächeln, die verlangsamten Bewegungen, das geduldige Interesse, mit dem sie sich seine Rechtfertigungen anhörte, dazu dieser etwas irre Blick, als sei sie längst in ein Paralleluniversum entglitten – alles ein bisschen schizo. Die Ruhe vor dem Sturm? Plötzlich hatte er eine Vision: Sie stand vor seiner Wohnungstür, eine Pistole auf ihn gerichtet, und knallte ihn kaltblütig ab. Sein Herz pochte. Höchste Alarmstufe. Er versuchte, rational zu bleiben. Frage: Wie gelangte sie an eine Pistole? Antwort: Ihr Vater war hoher Bundeswehroffizier gewesen, der hatte bestimmt noch eine Dienstwaffe im Schrank. Frage: Aber konnte sie damit umgehen? Antwort: Heute kann man auf YouTube ein How-to-do-Filmchen für jeden Quatsch finden. Peng, peng!

»Was denkst du?«

Das hatte Brigitte auch immer gefragt.

»Wir brauchen nichts zu übereilen, Isi«, sagte er behutsam. »Ich kann schon verstehen, dass du noch an ihm hängst.«

»Das ist vorbei.«

»Ich dachte …«

»Ich spüre, dass er sich zurückzieht.«

»Bedauerst du's?«

Isabella war gerührt. So viel Einfühlungsvermögen war sie nicht gewohnt. Das sollte sich Marcel mal zu Herzen nehmen. Der dachte doch nur an seine illusorische Selbstverwirklichung. Dass der sich mal in ihre Lage versetzte – Fehlanzeige. Achim hingegen war sensibel, er hatte ein Gespür für die kleinen Dinge, auf die es ankam, er war nachdenklich, fürsorglich, hatte seine gefügten Wertmaßstäbe und hing nicht unrealisierbaren Wunschvorstellungen nach.

Auf ihn war Verlass. Wenn er sich einmal für etwas entschieden hatte, würde er auch dazu stehen. Notfalls gegen seine eigenen Interessen. Wie im Fall dieser unsäglichen Brigitte.

Sie nahm seine Hand, drückte sie. Ein paar Minuten saßen sie bewegungslos da, wagten kaum zu atmen und lauschten einem inneren Gleichklang nach, der sich erst noch einfinden musste.

Er entzog ihr sachte seine Hand.

»Was machst du am Abend?«, fragte er.

»Ich koche für dich.«

»Kannst du einen Azubi brauchen?«

Diesmal sagte Julia López gleich zu. Geiger schlug das spanische Lokal an der Ecke vor, das er sich im Vorbeigehen gemerkt hatte. Das Licht war gedämpft, auf den Tischen standen Kerzen. Der Besitzer begrüßte Julia mit Küsschen. Die beiden tauschten ein paar gutgelaunte Flapsereien, die er nur halb verstand. Es war ein ruhiger Abend und sie konnten sich ihren Tisch aussuchen. Sie überflogen die Speisekarte, obwohl sie eigentlich nichts essen wollten. Er bestellte auf Spanisch eine Flasche Rioja. Sie erhob keinen Einspruch, wie er halb erwartet hatte, was er als gutes Zeichen wertete.

Er hatte ihr viel von sich erzählt, nun war sie an der Reihe. Sie sprach deutsch, die Lehrstunde war vorbei. Mit diesem melodischen Akzent, der allein schon verliebenswert war. Perfekt, mit grammatikalischen Feinheiten, die vielen im Land ungeläufig waren. Sie war aus der südlichen Extremadura, Tochter eines Weinhändlers, hatte eine Weile als Fremdenführerin gejobbt und dabei einen deutschen Reisejournalisten kennengelernt, dem sie nach München gefolgt war. Die Sache hatte nicht gehalten, weil er in einer alten Liebschaft festklebte, sie war aber geblieben und hatte angefangen, an der Universität Betriebswirtschaft zu studieren. Sie arbeitete nun an ihrer Doktorarbeit, die Geschichte der deutsch-spanischen Handelsbeziehungen – und das war es dann auch.

Geiger hatte bei seinem Eintreffen einen Mann in ihrer Wohnung vorgefunden, eine eher verkommene Erscheinung, unrasiert, mit fettigen Haaren, in einem abgeschabten Tweedsakko mit Ärmelpatches, der ihn spöttisch gemustert hatte und der ihm gleich unsympathisch war. Er war dabei gewesen, sich zu verabschieden, zögerte es hinaus. Vermutlich hatten sie gerade von ihm gesprochen. Sie hatte ihn nervös aus der Tür gedrängt und nachher hörbar aufgeatmet.

Er konnte nicht widerstehen und bestellte die Crema catalana. Der Kellner brachte zwei Löffel, und sie beteiligte sich, nachdem sie sich erst zurückhalten wollte. Gemeinsam brachen sie durch die Karamellschicht.

»Der Mann vorhin? Ist er der Journalist?«, fragte er.

Sie nickte.

»Er taucht immer wieder mal auf. Plötzlich steht er vor der Tür. Ich glaube, er weiß selbst nicht, was er will. Er lässt sich auch gehen in letzter Zeit.«

»Wie der mich angesehen hat.«

»Er ist ein Idiot.«

Sie sagte es mit einer Schärfe, die ihn etwas erschreckte. Die Affäre schien ihr nachzuhängen, stärker als ihr lieb war.

»Erzähl mir deinen Roman«, sagte sie.

Er tat sich schwer damit. Die Leute dachten immer, man hätte alles im Kopf und könnte es nur so aus sich heraussprudeln. Klar, es gab Autoren, die vorher alles aufzeichneten, bis ins kleinste Detail, die sich Pläne an die Wand hängten, aber bei ihm lief der Schöpfungsprozess, um das große Wort zu gebrauchen, anders ab. Er wollte seine Geschichte im Gange des Schreibens entdecken – mit dem ganzen Risiko, das eine solche Expedition in unbekanntes Gelände mit sich brachte. Wobei er nicht ausschließen wollte, dass er damit nur sein Unvermögen verschleierte, eine tragfähige Struktur zu entwerfen.

Ihr Interesse ermutigte ihn. Er habe im letzten Jahr schon an die hundert Seiten verfasst, holte er aus, habe sie verworfen, habe im Überdruss eine neue Geschichte herbeigezaubert, habe aber schnell realisiert, dass es nur ein Fluchtversuch wäre, ein Zurückschrecken vor dem Unvermeidlichen, der Auseinandersetzung mit der eigenen Vergangenheit, dem Aufbrechen der Verletzungen, die letztlich zutage gefördert würden. Er habe nämlich angefangen, die Geschichte seiner Kindheit aufzuschreiben, auch der Jugendjahre, was identisch war mit der Geschichte seiner Mutter, die in ihm, aus purem Egoismus, so etwas wie ein frühreifes Genie gesehen und so jede vernünftige Entwicklung seiner Fähigkeiten aufgehalten habe.

Hier geriet er ins Stocken. Stimmte es überhaupt, was er sich da schwatzen hörte? Er kam sich larmoyant vor. Niemand hatte ihn gezwungen, auch seine Mutter nicht, sich an seine mattgrüne Lettera zu setzen und seinen Literatur-Heroes nachzueifern. Es war nur verständlich, angesichts ihrer eigenen unerfüllten Ambitionen, dass sie ihn darin gefördert und aus mütterlichem Stolz seine Erzeugnisse auch überschätzt hatte. Es war nichts, was er ihr ankreiden konnte. Was er hier betrieb, war nichts anderes als die Aufbauschung einer durchschnittlichen Pubertätserfahrung zu einem existenziellen Jungendrama. Aber funktionierte nicht alle Kunst nach diesem Prinzip?

»Du magst nicht darüber reden«, sagte sie.

»Ich habe das Gefühl, ich zerstöre alles, wenn ich darüber rede«, sagte er.

»Dann haben wir beide etwas, worüber wir nicht reden wollen.«

»Wir müssen mehr trinken.«

»Dann wird's zu gefährlich.«

Sie erzählte ihm, dass sie auch den Gedanken habe, einen Roman zu schreiben. Die amourösen und familiären Verwicklungen einer Freundesclique im heutigen zerrissenen Spanien. Am meisten falle ihr ein, wenn sie vor dem Einschlafen im Bett liege, aber sie sei dann zu müde, um noch einmal aufzustehen, und beim Aufwachen sei es weg.

Das Lokal war schon leer, als sie begannen, über Politik zu sprechen. Sie hatte die richtigen Ansichten. Erst sorgten sie sich über den weltweiten Vormarsch des rechten Populismus, dann waren sie sich einig, dass der ungebremste Kapitalismus die Erde zu Schrott fahre. Und dass von den Politikern nichts zu erwarten war und sich alles grundlegend ändern müsse. Aber wie sollte es gelingen, ohne himmlischen Beistand?

Geiger begleitete Julia die paar Schritte vor die Haustür. Sie umarmten sich, zögerten einen Moment, ob es nicht mehr werden sollte, dann war sie im Hausflur verschwunden. Auf der Rolltreppe zur U-Bahn hatte er den Verdacht, etwas verpasst zu haben. Er holte sein Handy heraus, steckte es wieder ein. Nur nichts überhasten.

Rimbach hatte sich in sein Apartment gewagt, um ein paar Bücher zu holen. Seine Chandlers, die er hin und wieder zum Stiltraining aufschlug, eine Anthologie der deutschen Lyrik, die er im Nachlass seiner Eltern gefunden hatte und gelegentlich durchblätterte, wenn seine Muse zickte. Und die »Autobiographie eines Yogi«, die ihm Tante Elli vor vielen Jahren hoffnungsvoll geschenkt hatte. Er war nie über die ersten Seiten hinausgekommen, aber vielleicht war es zum Zeitpunkt die richtige Lektüre.

In der Wohnung hatte er sich wie ein Einbrecher verhalten – schnell rein, schnell raus –, weil er fürchtete, ein Spion der Hausverwaltung könnte ihm auflauern und irgendeinen Wisch präsentieren. Er kannte das aus Filmen.

Nach der geglückten Aktion marschierte er davon, die Plastiktüte unter den Arm geschoben, bog in die nächste Seitenstraße ein und stand unversehens vor dem kleinen Laden. Ein Verbrecher, den es an den Tatort zurückzieht, wo schon der Chefinspektor auf ihn wartet. Ein Schauer lief seine Wirbelsäule hoch. Er sah durch das Schaufenster. Der Abend dämmerte, die Beleuchtung war eingeschaltet. What the hell! Er betrat den Laden.

Die Türglocke war von der gefühlten Lautstärke eines Alarmsignals. Der Inhaber, Lejeune, war auch gleich zu Stelle und versuchte, sein latentes Misstrauen zu überspielen. Rimbach hatte keine Bedenken. In seinem neuen Outfit mit der straighten Frisur würde ihn das adrette Männchen kaum erkennen. Und beweisen konnte man ihm sowieso nichts.

»Sie wünschen?«, fragte Lejeune höflich.

Rimbach starrte auf die steife Ikone, die als Ersatz aufgehängt war.

»Das ist die falsche«, sagte er enttäuscht.

»Wie bitte?«

»Letztes Mal hing eine andere da.«

»Die ist leider verkauft.«

»Schade.«

»Wir haben eine hochwertige Auswahl, wenn Sie sich umsehen wollen.«

»Gerade *die* hatte es mir angetan.«

Lejeune war unschlüssig, wie er den Kunden einordnen sollte. Falls es überhaupt ein Kunde war. Er sah nicht wie ein Kenner aus und auch nicht wie jemand, der sich schnell mal eine Ikone leistet. Allerdings konnte man nie wissen. Die kamen heute in Baseballmützen, Kaufhausjacken und Jogginghosen, und dann zogen sie ihre Goldenen Kreditkarten aus den dicken Brieftaschen.

Er hatte sich mit seinem Unglück abgefunden. Seine anfängliche Verzweiflung hatte sich zu einer milden Depression gewandelt, mit der sich leben ließ, wenn man sich fügte. Er hatte alles beim Alten belassen, mangels einer Alternative, und er tröstete sich damit, dass er nie, wie gewisse Kollegen, überhöhte Preise verlangt und folglich auch keine Reichtümer angehäuft hatte. Sein Gewissen hatte er mit einer beträchtlichen Spende an eine kirchliche Wohltätigkeitsorganisation ruhiggestellt. Mehr konnte man nach menschlichem Ermessen nicht tun.

»Entschuldigen Sie«, sagte er, »helfen Sie mir bitte. Hatte ich schon die Ehre?«

»Vor ein paar Wochen«, sagte Rimbach. »Ich hatte mich nach dem Preis erkundigt. Aber ich war gerade nicht solvent.«

Lejeune glaubte sich jetzt zu erinnern, dem Mann schon begegnet zu sein, unter unangenehmen Umständen, wie er meinte. Mit ein wenig Nachdenken würden ihm dieselben bestimmt wieder einfallen. Aber im Augenblick war da eine Lücke, die er nicht zu füllen vermochte.

Er tastete sich heran.

»Wenn ich fragen darf. Was hat Sie denn so sehr fasziniert? Gerade an diesem Exemplar?«

»Sie hatte einen ganz besonderen Ausdruck.«

»Die Madonna?«

»Als beginne sie gleich zu weinen.«

»Zu weinen?«

»Genau. Sie wissen schon.«

Rimbach deutete mit dem Zeigefinger eine Tränenspur auf seiner Wange an.

Ein feines Lächeln schlich sich auf Lejeunes zermürbtes Gesicht.

»Tut mir leid, Monsieur. Bisher hat sich noch keine meiner Madonnen herbeigelassen, vor mir in Tränen auszubrechen.«

Rimbach wollte es nicht zu weit treiben. Er reichte Lejeune unvermittelt die Hand, bedankte sich für die Mühe, bedauerte noch einmal die verpasste Gelegenheit und trat auf die Straße. Heilfroh, nicht in Handschellen abgeführt zu werden.

Lejeune setzte sich erschöpft an seinen Schreibtisch. Er fiel in einen Halbschlaf, aus dem ihn das Gebimmel der Türglocke riss. Es war niemand im Laden. Hatte er geträumt? Er stand auf und überprüfte seine Auslage. Alles war unberührt.

Nach dem Frühstück zogen sich Rimbach und Tante Lilli in den Computerraum zurück. Die Tanten hatten die Anlage in ein dunkles, schlauchartiges Durchgangszimmer verbannt wie einen hässlichen Mitbewohner, den man nur ungern vorzeigt.

Rimbach hatte von Ingo endlich sein Manuskript zurückerhalten. Die Babsi hatte es tatsächlich entführt und offenbar auch gelesen, denn sie ließ nachfragen, wie es weitergehe. Er hatte Tante Lilli überredet, die paar Seiten in den Computer einzugeben. Sie hatte sich geweigert, seine Handschrift zu entziffern, und so saßen die beiden aneinandergerückt vor dem Bildschirm. Er brütete über seinen Schnörkeln, immer wieder überrascht, was er da aufs Papier gerotzt hatte, während sie ihre zehn Finger in kurzen Anläufen über die Tasten huschen ließ. Es war mühsam. Mal sprang er vor Begeisterung auf, weil er sein Genie nicht im Sitzen ertragen konnte, mal sackte er aufstöhnend in sich zusammen und wollte alles einstampfen, weil er überzeugt war, sich zum Gespött der Fernsehrunden zu machen. Als ihn die Korrigierwut packte, fing Lilli zu streiten an. Sie wurde auch richtig böse und schimpfte los, dass er sich abhängig mache von irgendwelchen selbsternannten Autoritäten, dass es nur darum gehe, sich selbst treu zu bleiben, sich nicht irremachen zu lassen, seine eigenen Maßstäbe zu setzen und dergleichen mehr. Außerdem sei es ein geiler Text. Basta.

»Kneipentalk« sollte der Arbeitstitel lauten. Sein Versuch, die vergeudeten Jahre, wie sie auf einmal hießen, in Kunst umzumünzen. Auch im wörtlichen Sinn. Die gnadenlose Bestandsaufnahme eines abseitigen Biotops, der seine Wunderblüten trieb, die jedoch anonym verdorrten. Er hatte seine Vorbilder, aber die hatten es unterlassen, den Stoff zu transzendieren. Waren zu komplizenhaft geblieben. Wahrscheinlich würde ihn Ingo mit Lokalverbot belegen – das wäre dann der Preis des Gelingens.

»Ich wusste immer, dass du's hast«, sagte Lilli, wieder begütigt.

»Ja, schon.« Rimbach hatte einen Anflug von Bescheidenheit. »Das Problem ist, da ranzukommen. An den inneren Zapfhahn.«

Sie lachte.

»Schreib doch ein Gedicht darüber.«

»Wie denn? Ich steh an der Tanke und lechz nach dem Tranke.«

»Und sag schon mal danke.«

So verging der Morgen.

Gegen Mittag hörten sie Tante Elli die Treppe heraufkommen. Sie hatte etwas Wichtiges mit ihrem Neffen zu besprechen.

»Ich will euch ja nicht stören bei eurem Tête-à-tête«, sagte sie etwas spitz. »Aber der Patrick hat gerade angerufen. Der will nächste Woche mit Sack und Pack im Gartenhaus einziehen.«

»Mit anderen Worten, ich kann mir einen Schlafplatz suchen.«

»Du hast versprochen …«

»Schon gut. Ich zieh in den Bayerischen Hof.«

Lilli hatte einen Vorschlag.

»So schlimm soll's nicht kommen. Ich weiß, deine Freiheit ist dir heilig. Aber in der Villa ist genug Platz. Wir fressen dich schon nicht auf. Nicht wahr, Elli?«

Elli hatte ihre Vorbehalte.

»Wir sind dem Herrn ja zu spießig.«

»Das unterstellst du ihm.«

»Gewisse Regeln muss er einhalten.«

»Er feiert schon keine Partys.«

»Und den Klodeckel immer schön zuklappen.«

Vier forschende Augen richteten sich auf Rimbach.

Jetzt machen sie den Sack zu, dachte er.

Die Tage im Gartenhaus waren gezählt.

Rimbach verfolgte auf seinem Handy ein Fußballspiel. Die Tore ließen auf sich warten, und er beschloss, sich ein Zigarettchen zu drehen. Wenigstens dieses kleine Vergnügen hatte ihm die Madonna gelassen. Das Piece hatte er im Apartment hinter den Büchern gefunden. Er konnte sich nicht erinnern, es dort gebunkert zu haben.

Die Abende waren kühl geworden, und er machte den Heizlüfter an. Allein schon das gleichmäßige Geräusch verschaffte ihm ein Gefühl der Wärme. Er hörte, wie sich der Reporter über einen Elfmeter aufregte. Kurz darauf fiel ein Tor, für wen interessierte ihn nicht mehr. Er drückte das Spiel weg, legte sich ins Bett und rauchte.

Wie das wohl werden würde mit den lieben Tanten? Sie waren übereingekommen, dass er das ehemalige Dienstbotenzimmer unter dem Dach beziehen solle. Damit er seine Privatsphäre habe. Oder doch eher, um ihn Off-Limits zu halten. Der Komfort war minimal, und die Toilette lag einen Stock tiefer. Aber als Übergangslösung konnte es durchgehen.

Sie hatten ihn ins Gebet genommen. Statt sich mit der Flasche Heilwasser zu begnügen, die er ihnen beschafft hatte, wollten sie Fakten haben. Um die Sache zu verkürzen, hatte er sich für eine Teilwahrheit entschieden. Es handle sich um die aufgefangenen Tränen einer Marienikone in Tadschikistan, hatte er behauptet, die er von einem Mitglied der russischen Mafia gegen ein paar Gefälligkeiten, über die er nicht sprechen könne, in unregelmäßigen Abständen geliefert bekomme. Zum Glück hatten sie ihm nicht geglaubt.

Diese ganze Madonnengeschichte. Er hatte sie hingenommen nach dem ersten Schock, als sei sie kalter Kaffee. Um nicht aus dem Takt zu kommen. Auch Marcello und Isabella. Dabei hätten sie durch die Straßen laufen müssen und den Wahnsinn hinausschreien. Hallo Leute! Wacht auf! Die Heilige Jungfrau hat ein Wunder gewirkt! Sie weint um eurer Sünden Willen in unsere Badewanne!

Oder so.

Aber was war passiert? Isabella hatte sich mit Winkler, dem Abstauber, eingelassen, und Marcello setzte seine Verlagskarriere aufs Spiel.

Und er, Rimbo? Statt sich bei Ingo ordentlich zu besaufen, chillte er hier im Gartenhaus und glaubte, den totalen Durchblick zu haben.

Hatte er auch, um ehrlich zu sein.

Der Kritiker schreibt,
der Künstler sei mit seinem Werk
gescheitert.

Aber so ist es nicht,
sagt der Betrachter:
Der Kritiker hat zu kurz gedacht.

Der Künstler hat seinem Werk
das Scheitern eingebaut.
Sollte es gescheitert sein,
wäre es also gelungen.

TR

Eine kleine Gruppe hatte sich an diesem kalten Novembertag in der Aussegnungshalle eingefunden. Geiger kannte nicht alle der älteren Menschen. Zwei oder drei hatten die Gelegenheit benutzt, um wieder einmal von der Seniorenresidenz in die Stadt zu fahren. Andere hatte er seit Jahren nicht gesehen und ihre Namen waren ihm entfallen. Er überspielte es, so gut er konnte, und die gedämpfte Tonlage tat ihr Übriges.

Er saß mit Isabella, die sich nach einigem Hin und Her für Jeans und einen schwarzen Mantel entschieden hatte, allein in der ersten Reihe. Der Geistliche sprach nach einer musikalischen Einleitung – etwas von Bach, wozu sie ihm geraten hatte – ein paar Gebete, und anschließend fasste er zusammen, was Geiger ihm ein paar Tage zuvor aus dem Leben seiner Mutter eingesagt hatte. Leider erwähnte er auch diese dumme Proust-Geschichte, die Geiger überflüssigerweise ausgepackt hatte und die bei einem Unbekannten hinter ihm ein verhaltenes Kichern auslöste, aber der Rest war in Ordnung. Zum Schluss sang Maria Callas »Casta Diva«. Sehr bewegend. Seine Mutter hätte die Norma, ihre Lieblingsrolle, beinahe auf einer Opernbühne gegeben, was an einer Intrige scheiterte. Jedenfalls war es in seiner Jugend ein unerschöpfliches Thema gewesen.

Die Schar wanderte im Schneetreiben hinter dem Priester und dem Urnenträger her den weiten Weg zum Grab in der Nähe der Friedhofsmauer. Eine mühselige Angelegenheit, weil einige der Alten nicht mehr flott zu Fuß waren. Isabella ließ sich etwas zurückfallen, wie um ihre Unabhängigkeit zu demonstrieren. Nachdem die Urne versenkt war und es auch dem Herrn mit der Krücke geglückt war, eine Schaufel Erde in die Tiefe zu befördern, verkündete Geiger, dass er im italienischen Restaurant gegenüber einen Tisch bestellt hatte.

Draußen vor dem Tor sagte ihm Isabella, dass sie nicht bleiben könne. Eine wichtige Verabredung, die sie nicht verschieben konnte. Sie hatte sich schon verabschiedet, als sie sich noch einmal umdrehte.

»Übrigens. Ich bin schwanger.«

Er versuchte, cool zu bleiben.

»Jetzt hast du, was du wolltest.«

Sie zögerte.

»Ja«, sagte sie. Und dann: »Tschüss.«

Er sah ihr nach, wie sie rasch die Straße zur U-Bahn überquerte.

Im Lokal gab es unter den Trauergästen einen kleinen Wettstreit, wer wohl als Nächster dran sei. Ohne eindeutigen Sieger.

Er starrte in die Speisekarte.

Mein Gott, dachte er, das hat sie nur getan, um mich zu ärgern.

Es war schnell gegangen. Frau Geiger hatte angerufen, sie habe Darmkrebs und müsse operiert werden. Sie wollte nicht, aber sie hatte sich von den Ärzten überreden lassen, weil sie ihr eine gute Prognose bescheinigten. Sie war in ein Krankenhaus am Stadtrand aufgenommen worden, wo Geiger sie am Abend vor dem Eingriff besucht hatte.

Er war spät aus dem Verlag gekommen. Der Korridor war leer bis auf einen einsamen Bademantelträger, der sich am Teewagen bediente.

Im Zimmer waren die Vorhänge zugezogen, nur die obere Wandleuchte verteilte ein diffuses Licht. Seine Mutter lag mit geschlossenen Augen auf dem Rücken. Sie sah alt und müde aus. Er legte die Pralinen auf den Nachttisch, die »Richtigen«, ein eher symbolisches Geschenk, weil sie die bestimmt nicht naschen durfte. Er stellte einen Stuhl ans Bett.

»Marcel«, sagte sie, beinahe zärtlich. Sie öffnete die Augen. Er küsste sie leicht.

Sie knipste die grelle Röhre über dem Bett an.

Er war beklommen, wie immer bei Krankenhausbesuchen. Was gab es schon zu sagen außer Gemeinplätzen?

»Du hast uns ganz schön erschreckt.«

Sie wischte seine Besorgnis weg.

»Die beraten gerade, wie sie mich am besten abmurksen können.«

Sie würde die Alte bleiben, daran änderte auch eine lebensbedrohende Krankheit nichts.

»Erzähl mir was«, sagte sie.

Eine Aufforderung, die bei ihm stets einen gedanklichen Totalausfall hervorrief. Er hatte sich vorgenommen, nicht damit anzufangen, aber um die Situation zu retten, bekannte er, dass er im Verlag gekündigt hatte.

»Gut so«, stieß sie hervor. Als sei es schon immer ihre Überzeugung gewesen.

»Wirklich?«

»Wenn es dich glücklich macht.«

»Ich *bin* glücklich.«

»Ach ja?«

Skeptisch wie immer. Er konnte ihr schlecht gestehen, dass er sich gerade neu verliebt hatte. Schon gar nicht im gegenwärtigen Schwebezustand. Aber wer weiß, vielleicht hätte sie es toll gefunden.

Er holte die Flasche aus seiner Ledertasche.

»Hast du davon getrunken?«, fragte er.

»Von was?«

»Dem Heilwasser. Das ich dir gebracht habe.«

»Die halbe Flasche. Aus Versehen.«

»Aus Versehen?«

»Ich hab's verwechselt. Bis die kleine Polin sagte, haben Parfum heute.«

»Und?«

»Und was?«

Es hatte offensichtlich nicht angeschlagen. Der Krebs hatte sich nicht zurückgezogen. Das war auch nicht unbedingt zu erwarten. Vielleicht musste man den »Stoff« in der richtigen Geisteshaltung einnehmen, um seine heilende Wirkung zu aktivieren. Andererseits Felicity. Die Sache war zu überdenken.

Die Nachtschwester rollte einen Wagen herein und fragte seine Mutter, ob sie etwas zum Einschlafen brauche. Sie bekam eine Pille und spülte sie gleich mit einem Schluck aus ihrer Teetasse hinunter. Nachdem die Schwester abgezogen war, machte sie das Licht aus, schloss wieder die Augen. Er wusste nicht, ob sie eingedämmert war.

Er stand auf.

»Ich geh jetzt«, sagte er laut. »Ich ruf morgen nach der OP an.«

Sie bewegte die Lippen.

»Hast du etwas gesagt?«, fragte er.

Er beugte sich zu ihr nieder. Sie wiederholte es, und nun bestand kein Zweifel, obwohl sie nur geflüstert hatte.

»Proust ist ein Langweiler.«

Ihre letzten Worte an ihn. War es ihre Art gewesen, »I love you« zu sagen, wie in jenen amerikanischen Filmen, in denen es letztlich um nichts anderes ging? Oder hatte sie sich im Laufe ihres Lebens dazu durchgerungen? Es würde ein ungelöstes Rätsel bleiben.

Am nächsten Tag hatte er vom Krankenhaus die Mitteilung erhalten, dass Frau Geiger nach der Operation an Herzversagen gestorben war, ohne noch einmal das Bewusstsein zu erlangen. Man hatte alles getan.

Proust ist ein Langweiler.

Isabella wusste, es würde schwierig werden.

Das Atelier lag im Hinterhaus, in den Räumen eines ehemaligen Handwerksbetriebs. Sie registrierte den halbherzigen Versuch, es zu ihren Ehren aufzuräumen. Es war ungeheizt, sie war noch durchfroren, und sie behielt den schwarzen Mantel an.

Der Künstler drehte am streikenden Heizkörper herum, lockte und traktierte ihn wie einen störrischen Esel. Er war um die sechzig, ein abgezehrt wirkender Mann mit widerspenstigen, grauen, ausdünnenden Haaren, uninteressiert an seinem Erscheinungsbild, uninteressiert, sich mit Menschen einzulassen, aber ihretwegen machte er eine Ausnahme. Sie hatte vor Jahren schon einmal eine Ausstellung mit seinen Bildern buchstäblich erzwungen, hatte ihm diese praktisch aus den Händen reißen müssen, weil er darauf beharrte, sie seien grandios missglückt. Natürlich hatte er nur Angst gehabt, sich der Öffentlichkeit zu präsentieren. Sie waren dann fast alle weggegangen.

Warum sie sich das antat? Sie hielt ihn für einen auf empörende Weise unterschätzten Meister des Abgründigen. Seine akribischen, abstrahierenden, eigentlich spirituell zu nennenden, bisweilen auch vertrackt witzigen Strukturen übten eine anhaltende Faszination auf sie aus, wovon sie sich jeden Morgen überzeugen konnte, wenn sie beim Erwachen von seinem, wie ihr schien, sich ständig verwandelnden »Turm/Babylon« begrüßt wurde. Vorausgesetzt, sie erwachte im eigenen Bett.

Und sie wusste, dass er Geld brauchte.

Der Künstler machte sie mit seiner neuen Schaffensperiode bekannt. Auf einem langen Tisch lagen aneinandergereiht hübsch gerahmte minimalistische, äußerst reduzierte Aquarelle, deren Feinheiten sich erst bei konzentrierter Hinwendung erschlossen. Sie studierte sie lange, während er geräuschvoll in der kleinen Küche hantierte. Sie wusste, sie musste jetzt vorsichtig sein.

Er brachte eine Teekanne und zwei große Tassen.

»Wir werden Vergrößerungsgläser auslegen müssen«, sagte sie.

Eine Bemerkung, mit der sie sich in gefährliches Territorium vorwagte. Sie bewegte sich durch ein Minenfeld, und mit solchen Scherzchen hatte sie früher schon Zornausbrüche bei ihm ausgelöst.

Er lachte. Dieses stets etwas bedrohliche Lachen.

»Ich weiß. Ich ruiniere meine Augen.«

»Etwas ganz Besonderes, was du da geschaffen hast.«

Er schenkte die Tassen voll.

»Zucker?«

Sie schüttelte den Kopf.

»Hast du auch ein paar größere Formate? Damit wir uns die Miete verdienen.«

»Berechnest du jetzt die Preise nach Quadratmetern?«

Das musste kommen. Aber vermutlich hatte der Künstler schon selbst in diese Richtung gedacht, denn er verschwand in einer Kammer, schichtete eine Weile rumpelnd Leinwände um, wobei mehrmals ein tief empfundenes »verdammter Scheißdreck« zu hören war, und kam mit zwei Bildern zurück, die sie bereits kannte.

»Ich meine, etwas Neues.«

Er stellte die Bilder an die Wand.

»Dann lassen wir's eben.«

Danach saß Isabella in ihrem Büro. Sie hatte das Handy ausgeschaltet, um in Ruhe nachdenken zu können.

Sie war schnell in der Wohnung gewesen und hatte sich umgezogen. Felicity war wieder anklagend um sie herumgeschlichen. Sie hatte sich überlegt, ob sie die Katze nicht einfach in den Korb packen und mitnehmen sollte, fand es dann aber unverantwortlich, sie aus ihren geliebten Jagdgründen zu reißen. Sie war in den letzten zwei, drei Wochen kaum noch hergekommen, hatte sich nur ein paar Sachen geholt, die sie dringend brauchte.

Sie machte sich Sorgen wegen der Ausstellung. Der Künstler hatte sich mürrisch eine Zusage abluchsen lassen. Sie kannte das Spiel, letztlich war seine Ablehnung des Kunstbetriebs, wie ihr längst aufgegangen war, nur seine spezielle Form der Eitelkeit. Würden die anspruchsvollen Bildchen die nötige Aufmerksamkeit provozieren? Sehr fraglich. Sie beschloss, die Preise radikal zu erhöhen. Vielleicht würden die Preziosen dann ernster genommen. Und irgendeinen Promi-Autor musste sie auftreiben, der die Einführung hielt oder wenigstens einen hochgestochenen Katalogtext verfasste.

Das war jetzt nicht das Problem. Sie wusste seit in paar Tagen, dass sie schwanger war. Warum sie Marcel als Ersten eingeweiht hatte, war ihr selbst nicht klar. Möglicherweise, um den Anschein von Zusammengehörigkeit zu zerstören, der sich bei der Beerdigung eingeschlichen hatte. Sie hatte sich verpflichtet gefühlt, daran teilzunehmen. Frau Geiger war jahrelang so etwas wie eine Schwiegermutter für sie gewesen, auch wenn sie sich nie nahegekommen waren. Sie hatte ihre Kritik gespürt, besonders seit jener katastrophalen Vernissage mit den Penissen. Nicht gut genug für ihr Marcelchen.

Bei Achim musste sie den richtigen Zeitpunkt abwarten. Sie fürchtete sich ein wenig vor seiner Reaktion. Der allererste Moment würde entscheidend sein. Ein Zaudern, ein Erschrecken gar, ein falscher Satz wie: »Bist du sicher?« – und die Beziehung war unreparierbar vergiftet. War sie zu sensibel? Natürlich hätte sie ihm sagen müssen, dass sie die Pille abgesetzt hatte. Sie hatte es verschlampt. Schlicht und unbegreiflich. Und bestimmt auch nicht damit gerechnet, dass es gleich ernst würde. Kein Wunder, wenn der Ärmste erst einmal Bauchschmerzen kriegte. Man durfte die Männer nicht überfordern.

Sollte sie ihre Mutter benachrichtigen? Im sonnigen Florida?

»Was? Du bist schwanger? Wann heiratet ihr? Nicht von Marcel? Achim Winkler? Wer ist das? Restaurator? Kann man davon leben? Did you hear, Bob? She's having a baby. Kind, du machst Sachen.«

Bob, so hieß der neue Typ ihrer Mutter. Immobilienmakler oder schlimmer. Superamerikanisch. Sie hatte die beiden einmal in ihrer Gated Community besucht. Er war dauernd um sie herum. »Everything okay, honey? Have another drink?« Nicht gerade MeToo-mäßig, aber es war ihr unangenehm gewesen. Und die Spannungen mit ihrer Mutter waren nicht ausgeblieben. »Musst du ständig halbnackt herumlaufen?« Ihre Schuld, wie immer.

Plötzlich hatte sie den Eindruck, dass sie oben an der Decke hänge und auf sich herabsehe, wie sie in ihre Gedanken verstrickt am Schreibtisch saß. Sie hätte es besser unterlassen, in der Wohnung ein Glas des Tränenwassers zu trinken. Und überhaupt, wenn ihre Schwangerschaft dem segensreichen Wirken der Madonna zu verdanken war, musste sie ihr bei aller Hochschätzung vorhalten, ihrem Kinderwunsch etwas übereifrig nachgekommen zu sein. In ein paar Monaten hätte auch gereicht.

»Be careful what you're dreaming«, hätte Bob dazu wohl gesagt, aus dem reichen Schatz seiner Country-Weisheiten schöpfend.

Der Anruf, den sie sich auferlegte, verlief ziemlich getreu entlang der von ihr imaginierten Dialogzeilen. Vielleicht sollte sie auch einen Roman schreiben. Genug zu erzählen hätte sie.

Herr Anderson hatte mit einiger Mühe seine Kleider abgestreift und sich mit Frau Werths Hilfe auf die Liege gequält. Jetzt starrte er in seiner langen Winterunterwäsche an die Decke und wartete neugierig auf den Beginn der therapeutischen Maßnahmen.

Frau Werth hatte ihn unten im Flur angesprochen.

»Was ist mit Ihrem Bein?«

Die Hüfte war besser geworden, aber neuerdings machte ihm das rechte Knie zu schaffen. Geht der eine Schmerz, kommt der nächste. Das leidige Karussell. Vom Rücken ganz zu schweigen. Dagegen hatten die Ärzte bei einem alten Mann nicht viel aufzubieten. Und mit Opioiden wollte er lieber nicht anfangen.

»Kommen Sie zu mir. Ich glaube, wir können da was machen.« Es klang wie ein Befehl.

Er musste nicht in ihre Praxis, sondern brauchte nur die Stufen zu ihrer Wohnung hochzukraxeln.

»Was kostet der Spaß?«, hatte er gefragt.

»Hundertfünfzig. Das wäre der übliche Preis.«

»Das gibt mein Budget nicht her.«

»Zahlen Sie mir so viel, wie Sie können.«

»Und warum?«

»Weil Sie ein Nachbar sind.«

Sie zerrte an seinen Füßen, zeichnete mit einem Filzschreiber Striche auf seine Knöchel und führte ihm vor, dass seine Beine nicht gleich lang waren.

Interessant, dachte er.

Nun fing die eigentliche Behandlung an, wovon er kaum etwas mitbekam, weil er gleich in einen Kurzschlaf fiel. Als er die Augen öffnete, hatte sie wieder Striche auf die Knöchel gezogen, und siehe da, jetzt hatten die Beine die gleiche Länge.

Hokuspokus, dachte er.

Nach der ergänzenden Atembehandlung, wobei sie mit kreisenden Bewegungen seine Bauchgegend bearbeitete und er sich dem Geschehen überlassen sollte, schmerzte das Knie zwar noch immer, aber die Körperberührung hatte ihm gutgetan.

Er setzte sich an den Schreibtisch. Sie brachte ihm ein Glas mit einer grünlichen Flüssigkeit.

»Trinken Sie das.«

»Sie hätten zum Militär gehen sollen.«

Er atmete den suspekten Rosenduft ein.

»Ah, jetzt weiß ich.«

»Nichts wissen Sie.«

Sie setzte sich ihm gegenüber, die Hände gefaltet an der Tischkante, machte eine bedeutsame Pause. Wie auf Kommando zeigte sich für einen Augenblick die späte Nachmittagssonne hinter der Wolkendecke und hellte den Raum auf. Sie sah ihm fest in die Augen.

»Ich will Ihnen ein Geheimnis anvertrauen, Herr Anderson. Aber Sie müssen mir versprechen, dass Sie's nicht weitererzählen.«

»Wem denn? Meiner Dame?«

»Ihre Dame?«

»Mein Spaniel.«

Sie lächelte. Auch das konnte sie.

»Glauben Sie an Wunder?«

Die Gretchenfrage, dachte er.

»Ach, wissen Sie, Frau Werth. Ich bin ein alter Sozialist. Und als solcher habe ich gelernt, dass Wunder etwas länger dauern.«

»Dann hören Sie.«

Als Geiger im Gedränge den U-Bahn-Wagen verließ, stieß er mit Winkler zusammen, der gerade einsteigen wollte. Einer dieser Zufälle.

»Was machst du hier?«

»Was macht *du* hier?«

Geiger, der auf dem Weg zum Spanischunterricht war, erinnerte sich, dass dessen Institut in der Nähe lag. Er versuchte, seinen Groll zu mobilisieren, aber der war nicht mehr aufzustöbern. Er sah Winklers Ungeduld, so schnell wie möglich zu seiner Isabella zu kommen. Das ist er mir schuldig, dachte er, dass er einen Zug auslässt.

Winkler empfand Ähnliches. Die unwillkommene Konfrontation musste er aushalten, schon Isabella zuliebe. Und um seinem Vorgänger den ihm zustehenden Respekt zu erweisen. Das gehörte sich einfach.

»Kondoliere.«

»Danke. Und ich muss wohl gratulieren.«

»Zu Isabella?«

»Zur Vaterschaft.«

Winkler verstand nicht. Geiger umso besser. Der Einfaltspinsler wusste noch nichts von seinem Glück. Was sollte er daraus schließen?

»War wohl ein Missverständnis«, sagte er. »Ich muss los. Gruß an die Isi.«

Volltreffer, dachte er auf der Rolltreppe.

Er blickte nicht mehr zurück.

Geiger hatte, in Gedanken noch bei Winkler, den engen Fahrstuhl betreten, war in Vorfreude hochgefahren, wollte oben aussteigen.

Ein Mann versperrte ihm den Ausgang, stieß ihn grob in die Kabine zurück, drängte selbst herein, drückte auf einen der unteren Knöpfe. Sie fuhren wieder abwärts.

Geiger hatte ihn gleich erkannt, den Reisejournalisten, Julias lästigen Ex-Lover, obwohl inzwischen rasiert und frisiert, aber unverwechselbar im abgetragenen Tweedsakko mit den Ärmelpatches. Er roch nach Alkohol.

»Was soll das?«, fragte Geiger verdutzt.

Der Journalist schwieg und sah an ihm vorbei.

Unten angekommen, packte er Geiger an den Aufschlägen, zerrte ihn in den Flur, versetzte ihm mehrere Stöße, sodass er in Richtung der Haustür taumelte.

»Verpiss dich! Du Schleimer! Und lass dich nicht mehr blicken!«, keuchte er.

Geigers Wut erwachte. Er ging mit erhobenen Fäusten in Stellung. Der Journalist war zwar kräftiger, aber weil er getrunken hatte, auch leicht zu täuschen. Sie schlugen ein paar Finten. Geiger, der keine Lust hatte, Julia mit einem Veilchen zu beglücken, drehte sich um seinen Gegner und lief plötzlich die Treppe hoch. Der Journalist hinter ihm her. Sie umklammerten sich, schlitterten die Stufen hinab.

Die Tür einer Parterrewohnung öffnete sich, und eine alte Dame steckte ihr weißes Haupt heraus.

»Ich muss doch sehr bitten«, sagte sie streng.

Der Journalist ließ sofort von Geiger ab. Er grinste beduselt, als sei alles nicht so gemeint, verbeugte sich vor der alten Dame.

»Pardon, Madame.«

Er lockerte im Gehen die Schultern.

»Soll dir eine Lehre sein«, rief er, bevor er die Haustür ins Schloss fallenließ.

Geiger richtete den verrutschten Anzug.

»In Ihrem Alter!«, rügte ihn die alte Dame. »Schämen Sie sich!«

Julia López regte sich schrecklich auf.

Sie hatte die Tür wieder zugeknallt, erzählte sie, als Holzer – so hieß der Journalist, wie Geiger jetzt erfuhr – angetrunken vor ihrer Wohnung aufgekreuzt war. Er hatte ein paarmal dagegengetreten, und sie hatte zurückgeschrien, sie rufe die Polizei.

»Das zahl ich ihm heim!«, wiederholte sie mehrmals, mit einer gebändigten Intensität, die Geiger vermuten ließ, dass sie auch gewillt war, zur Tat zu schreiten. Man legte sich besser nicht mir ihr an.

Sie waren zu aufgewühlt, um sich mit Vokabeln und Deklinationen zu beschäftigen, und brachen gleich zu ihrem Spanier auf.

Geiger war nicht weitergekommen mit Julia. Nach dem verheißungsvollen Auftakt war sie, besonders in den Lehrstunden, sehr darauf bedacht, dass keine Linie überschritten wurde. Darauf angesprochen, hatte sie ihm eingestanden, dass sie noch nicht offen war für eine neue Beziehung. Er wäre es, hatte er geantwortet, aber dass er ihre Gefühlslage respektiere.

»Wie war die Beerdigung?«, fragte sie beim Rioja, als komme er aus einer Theaterpremiere.

Er hatte sein Jackett über die Stuhllehne gehängt, die schwarze Krawatte abgenommen.

Plötzlich überwältigte es ihn. Schon den ganzen Tag war er in einer depressiven Stimmung gewesen. In der Aussegnungshalle, beim gemächlichen Gang zum Grab, bei den Abschiedsritualen hatte ihn voll die Sinnlosigkeit des Lebens angefallen. Eine tiefe Verlassenheit. Alle die Hoffnungen, Befürchtungen, die kühnen Pläne, die Grabenkämpfe, die Erfolge und Enttäuschungen, die Glücksmomente und Leidenszeiten waren hinfällig angesichts des traurigen Erdlochs, in dem wir zuletzt verschwanden. Er wusste, dass seine trübe Erkenntnis nicht besonders originell war, aber darum ging es nicht. Und wenn es stimmte, was Frau Werth behauptete, dass wir gefangen waren im Rad unzähliger Wiedergeburten, dann gab es daraus kein schnelles Entrinnen.

»Wer ist Frau Werth?«, fragte sie.

»Eine verrückte Person.«

Er konnte nicht noch damit anfangen.

»Der Tod steht am Ende«, sagte sie. »Die Frage ist: Was machen wir davor?«

»Ich hätte einen Vorschlag.«

»Willst du nicht austrinken?«

Dieses Mal verweilten sie nicht auf dem Gehsteig. Der Wein hatte ihm zugesetzt, er hatte sich bei ihr eingehakt. Sie löste sich von ihm, schloss die Haustür auf, hielt sie ihm auf, und er folgte ihr in den dunklen Flur.

Schmeckt's dir nicht?«, fragte Isabella.

Winkler fand die Gemüsepfanne etwas versalzen, aber das war nicht der Grund, weshalb er nicht die gewohnte Begeisterung für ihre Kochkunst aufbrachte.

Er hatte gehofft, dass Isabella ihn mit der freudigen Nachricht überraschen würde. Eine andere Interpretation ließ Geigers spontane Gratulation nicht zu. Denn dass sich dieser, aus Verletztheit oder Rachsucht, einen so üblen Scherz erlaubte, passte nicht zu ihm. Er wusste offensichtlich etwas, das ihm, Winkler, vorenthalten wurde. Und das war ein Skandal.

»Doch, lecker. Aber ich muss in der Kantine was Schlechtes gegessen haben. Bestimmt der Eierpudding.«

»Ist dir Brigitte auf den Magen geschlagen?«

»Das ist nicht fair.«

»Entschuldige.«

Er hatte Isabella erzählt, dass sich Brigitte in der Kantine zu einem Kollegen gesetzt und provozierend über dessen schmierige Witze gelacht hatte. Mit gelegentlichen Seitenblicken an seine Adresse.Er belauerte Isabella auf Hinweise. Indiz eins: Sie trank keinen Wein. Indiz zwei: Sie hatte das Essen versalzen. Indiz drei: Sie war gereizt.

Sie legte ihre Gabel nieder, berichtete, ungewohnt sarkastisch, von ihrer nervigen Taktiererei mit dem schwierigen Künstler und mutmaßte, dass die Ausstellung ein nachhaltiger Flop werden könnte.

Indiz vier: Sie hatte keinen Appetit.

Isabella hatte beim Gemüsezerkleinern den Entschluss gefasst, sich nicht länger unter Druck zu setzen, sondern Achim gleich bei seiner Ankunft mit der Nachricht zu überfallen. Ohne lange Einstimmung. Aber dann fiel seine Begrüßung merkwürdig kühl aus, sie fühlte sich zurückgestoßen, sodass sie lieber geschwiegen hatte. Sie vermutete, dass Brigitte dahintersteckte.

Sie hätte sich gern zurückgezogen. Zu Hause gehörte ihr das Schlafzimmer, schon bevor sich Marcel im Arbeitszimmer verschanzt hatte, sie hatte dort ihren Schreibtisch mit dem Laptop und ihren ganzen Plunder. Hier lebte sie wie ein Gast, praktisch aus dem Koffer, im Flur warteten Brigittes Sachen darauf, endlich abgeholt zu werden, und sorgten für schlechte Vibrationen.

Winkler erledigte mit umgebundener Schürze den Abwasch. In diesen Dingen war er vorbildlich.

»Kann ich an den Computer?«, fragte sie. »Ich muss was recherchieren.«

»Du brauchst nicht zu fragen«, sagte er.

Sein Arbeitszimmer war vollgestellt mit allerlei hochwichtigem Gerümpel und bedurfte eines entschlossenen Durchgreifens. Selbst auf der Couch stapelten sich Kunstbücher.

Sie starrte auf den Bildschirm und versuchte sich zu erinnern, was sie googeln wollte.

Der Zustand war unerträglich. Je länger sie zauderte, umso absurder wurde es. Sie hatte es von Anfang an vermasselt, und es wurde zusehends schwieriger, unbeschadet daraus hervorzugehen. Sie begann zu phantasieren, dass sie sich irgendwohin in die Einsamkeit begeben und das Kind in aller Stille zur Welt bringen würde. Ohne jemandem Rechenschaft schuldig zu sein.

Winkler sah sich einen Film an.

Eine Romcom: Ein smarter, jedoch skrupelloser Chef einer Entmietungsgesellschaft und eine attraktive, alleinerziehende, mittellose Mieterin steuerten nach sich überschlagenden Turbulenzen auf ein vorgegebenes Happy End zu.

Die Handlung ließ ihm Zeit, seine Lage zu bedenken. Er war ein Idiot gewesen. Statt eine einfache Frage zu stellen, hatte er Isabella wie eine Delinquentin bespitzelt. Was war so schlimm daran, dass sie sich erst Geiger anvertraut hatte? Immerhin hatten sie nach wie vor eine gemeinsame Wohnung.

Sie setzte sich zu ihm, und zusammen sahen sie den tränenbefördernden Schluss des Films: Der Entmieter, geläutert durch die Liebe, entdeckte sein Herz für die aufmüpfigen Mieter und unterstützte sie im Kampf gegen die sanierungswütigen Investoren.

Es wurde dann noch gut.

Sie waren bald zu Bett gegangen. Das Licht war aus, sie konnten beide nicht einschlafen.

»Hast du mir nichts zu sagen?«, fragte Winkler.

»Was denn?«

»Ich habe Marcel getroffen.«

Isabella drehte sich herum.

»Und er hat's dir brühwarm erzählt.«

»Er wollte gratulieren.«

Es folgten wortreiche Erklärungen. Sie konnten ihr kindisches Betragen selbst nicht mehr begreifen, bestätigten sich ihre unveränderte Liebe und gelobten unter Tränen, in Zukunft immer offen zueinander zu sein. Auch wenn es weh tun sollte.

Sie fing an, Pläne zu schmieden. Sie brauchten eine größere Wohnung. Es würde nicht einfach sein, angesichts der Wohnungssituation, andererseits hatte sie beruflich immer wieder mit Leuten zu tun, die über Kontakte verfügten. Auch hatte Marcel ja angekündigt, demnächst nach Spanien umzusiedeln. Eigentlich konnte er nichts dagegen haben, wenn Achim, wenigstens vorübergehend, zu ihr in die Altbauwohnung zog.

Er reagierte verhalten.

»Freust du dich denn?«, fragte sie.

Winkler wollte ehrlich sein. Ihr gegenüber und sich selbst gegenüber. Die ganze Konfusion hatte ihn vom Wesentlichen weggeführt. Der Frage, ob er bereit war für eine »Vaterschaft«, wie Geiger gesagt hatte. Gewiss, da war gleich zu Beginn der Wunsch gewesen, mit Isabella eine Familie zu gründen. Wenn auch nicht so unvorbereitet. Es war seine gewachsene Überzeugung, gerade durch seine Erfahrung mit Brigitte, dass sich erst eine echte Zweisamkeit aufbauen müsse, bevor an Kinder zu denken war. Eine stabile Struktur, die nicht ständig vom Einsturz bedroht war.

»Das wird noch kommen«, antwortete er.

Isabella ließ sich ihre Enttäuschung nicht anmerken. Sie hatte es sich selbst zuzuschreiben, und wenn sie aufrichtig war, ging es ihr nicht viel anders.

Später legte er den Kopf auf ihren Bauch, und so schliefen sie ein.

Ich bin dem Meister begegnet,
er hat mich gleich erkannt.
Er hat mich von fern gesegnet,
doch ich bin fortgerannt.

Ich hab den Teufel getroffen,
der war mir schon bekannt.
Wir haben Brandy gesoffen,
dann bin ich fortgerannt.

Als ich dem Traum entronnen,
da wurde mir jäh klar:
Für mich ist nichts gewonnen,
die beiden sind ein Paar.

TR

In der Woche nach Weihnachten wurde es kalt und es schneite ein wenig.

Isabella, die in der Wohnung ihren Daunenmantel holen wollte, traf im Hausflur auf Herrn Anderson.

»Einen guten Rutsch«, sagte sie.

Der Spaniel schleppte sich über die Fliesen.

»Was hat sie denn?«

»Arthritis.«

»Ach, die Ärmste.«

»Ja, sie muss leiden. Aber wir tragen es mit Fassung. Nicht wahr, Milli?«

Die Hundedame zottelte heran und schaute hoffnungsvoll zu ihr auf. Sie bückte sich, tätschelte sie, um Zeit zu gewinnen.

Das Gespräch hatte genau die Wendung genommen, die Isabella vermeiden wollte. Wie konnte sie als mitfühlender Mensch – und das war sie schließlich – angesichts einer leidenden Kreatur verschweigen, dass oben aus ewig unausgeweinten Augen ein Heilbalsam lief, der ihrer Katze das Leben gerettet hatte? Eine grundsätzliche Frage, die ihr schon nächtliches Wachliegen bereitet hatte. Als hätte sie nicht genug Probleme.

Zu ihrer Verwunderung fing Herr Anderson davon an. Die Dame von oben habe ihm neulich ein Wundermittel aufgedrängt, das seine Zipperlein tatsächlich etwas gelindert habe. Er hätte es gern an Milli ausprobiert. Dummerweise sei ihm die Flasche in der Küche aus der Hand geglitten und zersplittert, und die gute Frau Werth halte über die Festtage auf Lanzarote ein Seminar ab.

»Schön für sie.«

»Vielleicht können Sie mir aushelfen.«

»Sie hat's Ihnen verraten?«

»Unter dem Siegel der Verschwiegenheit.«

»Die Madonna und alles?«

»Es ist mir selbst unangenehm. Aber man ist natürlich neugierig.«

»Schon gut. Kommen Sie.«

Isabella hörte beim Aufschließen gleich dieses einschläfernde Gemurmel, das sie an die Kirchenandachten ihrer Kindheit erinnerte. Ohne auf Herrn Anderson zu warten, rückte sie auf Zehenspitzen zur leicht geöffneten Badezimmertür vor, lauschte der Litanei. Sie verstand die Sprache nicht, aber sie wusste, was die halb verschluckten Worte bedeuteten.

»Gegrüßet seist du, Maria, voll der Gnade.«

Sie schob sachte die Tür auf.

»Ivanka, was machen Sie?«

Drei erschrockene Köpfe schossen herum. Ivanka, Herr Radic, ihr Mann, der schon einmal die Wohnung gestrichen hatte, und Jana, ihre zwanzigjährige Tochter, alle drei gekleidet wie zum sonntäglichen Kirchgang, knieten mit dem Rücken zu ihr auf den Kacheln. Ivanka hielt einen Rosenkranz in der Hand.

»Frau Hohenberg!«, rief Ivanka und stemmte sich am Badewannenrand hoch. »Nicht in Urlaub?«

»Dieses Jahr nicht«, antwortete Isabella. Sie musste jetzt sachlich bleiben.

Auch Herr Radic und Jana hatten sich erhoben. Die Tochter nickte ihr scheu zu, während sie umständlich ein Tempotaschentuch entfaltete, um ihre feuchten Augen abzutupfen. Herr Radic schüttelte Isabella indessen kräftig die Hand.

»Radic«, sagte er, obwohl sie sich kannten.

»Mein Mann krank«, sagte Ivanka. »Ich denken, Madonna helfen.«

»Etwas Schlimmes?«

»Chronische Bronchitis«, sagte Herr Radic und hustete kurz zur Bekräftigung.

Sie schwiegen.

»Wo sind wir hier?«, fragte Herr Anderson aus dem Hintergrund. »In Medjugorje?«

Die spöttische Bemerkung löste merkwürdigerweise die Spannung. Die Drei redeten durcheinander, außer sich vor Freude, dass sie ihr eigenes, kleines, privates Medjugorje gefunden hatten. Isabella füllte für Ivanka eine leere Weinflasche ab, mit der Ermahnung, sie in Zukunft zu unterrichten, wenn sie unabgesprochen die Wohnung betreten wollte – und vor allem, die Sache nicht an die große Glocke zu hängen.

Unter fragwürdigen Versprechungen und Danksagungen zog die Familie ab.

»Sie gestatten«, sagte Herr Anderson.

Er betrat das Badezimmer, und als er wieder zum Vorschein kam, sah er mitgenommen aus und musste sich in der Küche erst einmal hinsetzen.

»Kaffee?«, fragte Isabella und legte eine Kapsel in die Maschine. »Was sagen Sie jetzt?«

Er zog mit dem Zeigefinger penibel die rotumrandeten Karos auf dem weißen Tischtuch nach.

»Schöne Bescherung«, meinte er, ohne aufzublicken.

Isabella stellte ihm die Tasse hin.

»Tut mir leid, Herr Anderson. Ich hätte Sie nicht heraufbitten sollen.«

Er nahm einen kleinen Schluck.

»Machen Sie sich keine Sorgen, Frau Hohenberg. Ich bin ein zu alter Hase, um mein Koordinatensystem neu einzurichten. Haben Sie Zucker?«

Felicity scharrte an der Balkontür.

»Feli? Was machst du da draußen?«, sagte Isabella bestürzt und ließ sie herein. »Hat dich Ivanka nach Sibirien verbannt? Die böse Frau.«

Geiger stand auf der Veranda und telefonierte mit Isabella. Als ihn der Name auf dem Display angesprungen hatte, war er vom Esstisch aufgestanden, hatte sich bei den Tanten entschuldigt und war nach draußen gegangen.

»Marcello hat Geheimnisse«, hatte ihm Rimbach im Kindergartenton nachgerufen.

Isabella war alarmiert. Sie schilderte, was geschehen war. Sie dulde keine Verletzung ihrer Privatsphäre, erklärte sie, ihr Badezimmer sei kein Wallfahrtsort, und wahrscheinlich falle Ivanka beim nächsten Mal mit ihrer gesamten aus Kroatien angereisten Verwandtschaft in die Wohnung ein.

»Am liebsten würde ich ihr kündigen.«

»Keine gute Idee«, sagte er. »Dann läuft sie zur Bildzeitung.«

»Sag deinem Rimbo, wenn er die Ikone nicht wegschafft, bring ich sie in den Laden zurück.«

Er sagte ihr mit besonnener Stimme, wie es sich füge, sei er gerade in der Villa, er werde die Angelegenheit auf die Tagesordnung bringen. Sie solle den Vorfall nicht dramatisieren, vorläufig sei nichts passiert, sowieso halte sie sich kaum noch in der Wohnung auf.

Die kleine Spitze war überflüssig.

»Wenn ich dir raten darf, besorg dir schon mal Knieschoner«, sagte sie.

Er spürte die Kälte. Die Wiese hatte über Nacht einen

weißen Überzug erhalten, der von verfrorenen Grasspitzen durchstochen wurde.

Isabella hatte recht. Sie mussten sich vorsehen. Die frohe Botschaft begann, ihre Kreise zu ziehen. Das würde nicht aufzuhalten sein, wenn schon Frau Werth gegen die Omertà verstieß. Das beste Mittel war tatsächlich, das anstößige Objekt verschwinden zu lassen. Und dann konsequent alles abzustreiten.

Und die Folgen? Welches Unglück würde über sie hereinbrechen? Welche karmischen Repressalien erwarteten sie? Mit Wundern war nicht zu spaßen.

Patrick, der Bewohner des Gartenhauses, stellte eine Mülltüte vor die Tür. Er winkte herüber, rieb sich die Hände und zog sich wieder an seinem Heizlüfter zurück.

Beim Abschiedstrunk im Verlag hatte der Cheflektor ihn ungehalten auf Rimbach angesprochen. Der war zu einem Termin nicht erschienen, hatte sich auch nicht entschuldigt. Die Sache sei gegessen, hatte der Cheflektor verkündet, sein Kumpan brauche sich nicht mehr zu bemühen. Geiger hatte Rimbach verteidigt. Er laboriere an einer hartnäckigen Grippe, hatte er gelogen, und den Termin bestimmt verpennt. Er sei eben ein genialischer Chaot, der sich an zivilisierte Umgangsformen erst gewöhnen müsse, der aber auch immer bereit sei, für einen in die Bresche zu springen. Der Cheflektor, der schon angetrunken war, hatte darauf den Daumen nach unten gedreht.

Geiger hatte sich geärgert. Am nächsten Morgen richtete sich sein ganzes Missvergnügen gegen Rimbach, und er hätte ihn in seiner Katerunlust beinahe aus seinen Kontakten gelöscht. Nach einsamen Weihnachtstagen war er so weit abgeklärt, dass er in der Villa seinen Besuch ankündigte.

Julia López war über Weihnachten nach Spanien geflogen. Er hätte sie gern begleitet, aber sie war nicht geneigt, ihn in ihre Familie einzuführen. Weil sie nicht wollte, dass ihre Eltern ihn als Schwiegersohn vereinnahmten, wie er argwöhnte. Er wusste nie, wie sie zueinander standen. Mal versicherte sie ihm, dass sie noch nie ein Mann so glücklich gemacht hätte, mal war sie verschlossen und schickte ihn weg, weil sie allein sein wollte. Sie hatte eine dunkle Seite, an die er nicht herankam. Unter diesen Umständen war kaum zu hoffen, dass sie seinem Vorschlag zustimmen würde, zur gegenseitigen Erkundung im Aktionsmodus eine längere Reise zu unternehmen. Das konnte auch die Karibik sein, wenn sie wollte. Oder der Südpazifik. Seine Mutter hatte ihm ein paar hunderttausend Euro hinterlassen, mehr, als er erwartet hatte, er brauchte sich keine Geldsorgen zu machen.

Rimbach hatte ihm in der kargen, schlecht geheizten Dachkammer, die er jetzt bewohnte, im dicken Pullover, den ihm Tante Elli zu Weihnachten gestrickt hatte, seine eigenen Argumente aufgetischt. Er könne es nicht mit seinem Selbstverständnis vereinbaren, als Autorenschreck aufzutreten, hatte er behauptet. Außerdem habe er gerade einen irren kreativen Drive. Geiger vermutete hingegen, dass ihn bei der Vorstellung, jeden Morgen um sieben aus dem Bett zu müssen, der Horror gepackt hatte. Er hatte ihm humorlos ins Gewissen geredet, wie einem Schulbuben. Rimbach war angemessen zerknirscht gewesen und hatte davon gesprochen, sich neu zu erfinden.

»Kontrollierter Wahnsinn«, so lautete die Maxime.

Geiger kehrte ins Esszimmer zurück.

»Soll ich Ihren Teller aufwärmen?«, fragte Tante Elli, was einem Tadel gleichkam.

»Entschuldigen Sie«, sagte Geiger, »ich musste Isabella moralischen Beistand leisten.«

»Was ist passiert?«, erkundigte sich Tante Lilli.

Geiger musterte Rimbach. Er hatte keine Geduld mehr für Versteckspiele. Sollen sie die Wahrheit erfahren, soll es die ganze Welt erfahren. Es war ihm egal.

Die Tanten reagierten befremdet auf seinen mit lakonischer Sachlichkeit vorgetragenen Bericht, der mit der Bitte endete, der Ikone in der Villa eine Heimstatt zu gewähren.

Rimbach hatte schweigend zugehört.

Geiger wurde von Elli gemaßregelt.

»Sie sollten Thomas bei seinen Schülerstreichen nicht unterstützen, Marcel. So kommt er nie zur Vernunft.«

Die Schüler müssen vor ihr gezittert haben, dachte er, wenn sie ins Direktorenzimmer befohlen wurden.

»Tante Elli! Das ist kein Hoax!«, rief Rimbach und schlug mit der Faust auf den Tisch. Er war erleichtert, dass die Geschichte heraus war, und genoss die Verwirrung seiner Tanten.

Elli blickte hilfesuchend zu Lilli, die leicht die Augen verdrehte.

»Du willst allen Ernstes behaupten –«

»Was glaubt ihr, weshalb ich nur noch Leitungswasser saufe? Etwa aus Jux?«

»Du meinst ...«

»Genau. Sie hat mich verhext.«

Die folgende Stille veranlasste eine verschreckte Maus, mit ruckartigen Bewegungen unter den Tisch vorzurücken, unbemerkt von den Anwesenden ein paar Brosamen aufzupicken und sich hinter eine Vitrine zu retten.

»Wo hast du sie aufgetrieben?«, fragte Lilli, noch ungewiss, auf welche Seite sie sich schlagen sollte.

»Das ist ein anderer Plot.«

»Er hat sie geklaut«, sagte Geiger. »In einem Devotionalienladen.«

»Geklaut?«

Die Tanten sahen sich an.

»Stimmt das?«, fragte Elli scharf.

Rimbach hob die Schultern.

Den Brocken mussten sie erst schlucken. Sie hatten sich bei ihrem Neffen schon mit einigen Kapriolen abgefunden, aber dass er jetzt als Kunsträuber unterwegs war, überschritt deutlich die Grenzen familiärer Nachsicht und konnte nicht geduldet werden.

Kein Wunder, wenn sich die Muttergottes grämt, ging es Elli durch den Kopf.

»Hast du überhaupt keinen Anstand mehr?«, sagte sie schneidend.

Selbst Lilli wollte nichts zu seinen Gunsten einfallen, und sie fing an, die Teller einzusammeln.

»Holt ihr jetzt die Bullen?«, fragte Rimbach.

Die Schwestern waren sich einig.

»Du ziehst uns nicht hinein«, sagte Elli.

»Bring sie in den Laden zurück, dann hört sie auch zu weinen auf«, sagte Lilli.

Rimbach warf Geiger einen resignierten Blick zu. Da siehst du, was du angerichtet hast.

Isabella wartete im Foyer des kleinen, schicken und sicherlich entsetzlich teuren Hotels in der Innenstadt. Sie tippte eine E-Mail und bemerkte ihren Vater erst, als er vor ihrem Ledersessel stand. Hinter ihm Li, seine um mindestens zwei Jahrzehnte jüngere taiwanische Frau. Sie war auf einer Geschäftsreise seine Dolmetscherin gewesen.

»Gerade denk ich, wer ist die hübsche Dame«, sagte er.

Stets diese zweifelhaften Komplimente.

Sie umarmte ihn.

»Aber Papa. So lange ist's nicht her, dass wir uns gesehen haben.«

Sie herzte auch Li, mit der sie sich auf Anhieb verstanden hatte, als er erstmals mit ihr nach Deutschland gekommen war.

Sie hatte einen Tisch beim Griechen bestellt, was ihrem Vater nicht edel genug war. Er schlug einen neuen Drei-Sterne-Schuppen vor, gleich um die Ecke, von dem er Phantastisches gehört hatte, sie hingegen noch nie. Er hatte auch bereits reserviert.

Er beobachtete, wie sie in ihren Mantel schlüpfte, den sie im überheizten Foyer ausgezogen hatte.

»Du siehst gut aus.«

»Hat's dir Mama schon gesteckt?«

»Lernen wir ihn kennen?«

»Ich muss ihm Bescheid sagen, dass wir nicht zum Griechen gehen.«

Achim war nicht zu erreichen, und sie sprach auf seine Mailbox.

Sie verließen das Hotel.

Der Vater kam ihr gealtert vor. Weniger, weil er am Stock ging, das hatte mit dem Silbergriff eine gewisse Eleganz, sondern weil ihm eine unmerkliche Wehmut anhaftete, die sie an ihm nicht kannte.

Li war munter wie immer.

»Er hat Angst vor der Operation«, flüsterte sie unterwegs.

Er hatte ihr am Telefon gesagt, dass er sein Knie operieren lassen müsse, nachdem er in seinem Domizil auf Mallorca über einen Staubsauger gestolpert war. Er hatte sie ausgeforscht, ohne konkret zu werden. Darauf verdächtigte sie ihre Mutter, ihm bei einem Skype-Gespräch aufgetragen zu haben, in München nach dem Rechten zu sehen. Die beiden hatten sich vor zehn Jahren friedlich getrennt und waren ihre eigenen Wege gegangen. Isabella hatte nie viel von ihrem Vater gesehen. Er hatte als Manager verschiedene Unternehmen in die schwarzen Zahlen geführt. Meistens war er im Ausland, und wenn er über das Wochenende nach Hause kam, durfte sie nicht laut werden, weil er gerade mit New York oder Singapur telefonierte. Er plauderte gern über seine Heldentaten, ohne auf Einzelheiten einzugehen, die sie auch lieber nicht wissen wollte. Zu seinem sechzigsten Geburtstag hatte er sich im Norden der Insel eine Finca gekauft, wo er jetzt mit Li sein Leben auslaufen ließ. Ein- oder zweimal im Jahr meldete er sich bei ihr und fragte sie, warum sie ihn nie besuche. Sie versprach es jedes Mal und verschob die Reise dann doch wieder.

Sie waren beim Aperitif, als Achim endlich zurückrief. Es sei etwas dazwischengekommen, sie sollen nicht auf ihn warten. Er könne jetzt nicht sprechen, schloss er hastig, als sei er nicht allein.

Isabella war beunruhigt.

Sie begannen mit dem Essen, umschwärmt von Kellnern. Kleine, erlesene Portionen und zwischendurch immer wieder hungriges Warten. Wollte sie sich Wasser einschenken, stand gleich ein Kellner mit der Flasche neben ihr, wollte sie sich ein Stück Brot nehmen, eilte ein anderer mit dem Korb herbei. Sie fühlte sich entmündigt.

»Die Rente ist langweilig«, klagte ihr Vater. »Und wenn ich nicht mehr auf den Golfplatz kann, wird's noch langweiliger.«

Li fuhr ihn regelrecht an.

»Du wirst gesund.«

»Sie hat ihr Orakel geworfen«, sagte er mit einem nachsichtigen Lächeln.

»Dreimal«, bestätigte sie. »Und immer die gleiche Antwort.«

Man musste zwei halbmondförmige Holzstücke werfen, und wie sie zueinander lagen, hieß es »Ja« oder »Nein«.

Isabella war versucht, ihr Tränenwasser anzubieten, ließ es bleiben. Sie war nicht in Stimmung, auf skeptische Fragen unehrliche Antworten zu erteilen.

»Wie läuft's mit der Galerie?«, fragte er.

»Ach ja«, antwortete sie. »Es ist immer ein Kampf ums Überleben.«

»Brauchst du Geld?«

Isabella wollte kein Geld von ihrem Vater. Sie wusste genau, was dabei herauskommen würde. Er würde für sich ein neues Betätigungsfeld entdecken, würde sich in alles einmischen und sie mit seinen bewährten Optimierungsstrategien langweilen. Sie hatte zwar keine Angestellten, die sie entlassen konnte, aber er würde ihr Vorträge halten, dass sie sich nach dem Markt richten müsse. Womit er nicht einmal unrecht hätte.

Das Gespräch nahm eine andere Richtung. Er sei dabei, seine Hinterlassenschaft zu regeln, eröffnete er ihr. In seinem Alter sei das wohl angebracht. Er wolle ihr schon jetzt, da sie nun Nachwuchs erwarte, das Wohnhaus in Nürnberg überschreiben, welches sie eines Tages ohnehin erben würde. Li besitze schon eines in Fürth, so sei für einen Ausgleich gesorgt.

Sie war unsicher, ob sie sich bedanken sollte. Zum Glück erspähte sie Achim, der an der Tür mit einem Kellner sprach und an ihren Tisch verwiesen wurde. Alle erhoben sich, man checkte sich gegenseitig ab, worauf Achim als Familienmitglied akzeptiert war. Er wollte nichts essen, hatte wohl wieder Magenprobleme, ließ sich aber zu einer Nachspeise überreden.

»Was war?«, fragte Isabella leise.

»Später«, wisperte er.

Der Vater beanspruchte Achim gleich für sich, interessierte sich, als hätte er schon längst eine bedrückende Wissenslücke schließen wollen, in allen Belangen für das Restaurieren alter Bilder, nicht zuletzt auch in finanzieller Hinsicht, ob es empfehlenswert sei, in Alten Meistern zu investieren und so weiter. Achim gab sich Mühe, schien zerstreut und überprüfte mehrmals sein Handy, das er neben seinen Teller gelegt hatte.

Isabella unterhielt sich mit Li über ihren letzten Besuch in Taiwan. Die Chinesen waren brutal und unberechenbar.

Brigitte hatte Tabletten geschluckt.

Vor dem Hotel wünschte Isabella ihrem Vater alles Gute für die Operation und verabredete sich mit Li für den nächsten Tag zum Shoppen. Kaum waren die beiden hinter der Drehtür verschwunden, als Achim damit herausplatzte.

Auf dem Weg zum Parkplatz redete er unablässig.

Er hatte von Brigitte eine kryptische SMS erhalten, mit der Zusicherung, dass sie ihm verzeihe, und dem Wunsch, er möge ein langes und glückliches Leben führen. Er fasste es sofort als Hilferuf auf. Ihr Handy war tot. Er rief ihre Freundin an, die sich aber gerade bei ihren Eltern in Straubing aufhielt. Er fuhr zur Wohnung in Haidhausen, klingelte eine Weile vergeblich. Die Freundin hatte inzwischen den Hausmeister informiert. Dieser verfügte über einen Schlüssel, und gemeinsam betraten sie die Wohnung. Brigitte lag bewusstlos in der Badewanne. Sie war nackt, und der Kopf drohte ins Wasser zu gleiten. Der Notarzt veranlasste ihre Überführung in ein Krankenhaus, wo sie jetzt auf der Intensivstation war, offenbar in stabilem Zustand.

»Was machst du jetzt?«, fragte sie auf der Heimfahrt.

»Ich weiß nicht«, antwortete er und strich sich über den Hinterkopf.

»Hat sie keine Familie?«

»Doch, irgendwo im Norden, bei Oldenburg, glaube ich. Aber die haben kaum Kontakt.«

»Du bist nicht verantwortlich.«

»Irgendwie schon.«

Sie schwiegen, bis sie zu Hause waren.

Eine mühsame Aussprache folgte.

Es wäre einfacher gewesen, wenn Achim klipp und klar erklärt hätte, dass er zu Brigitte zurückwollte. Statt dessen konnte Isabella beobachten, wie er von Schuldgefühlen hin- und hergerissen wurde – ihr gegenüber, die sein Kind trug, und Brigitte gegenüber, die seinetwegen ihr Leben beenden wollte.

»Sag's mir«, sagte sie, »wenn es dich in ihre Arme zurückzieht.«

»Nein!«, rief er aus. »Nein!«

Er brach in Tränen aus, und sie musste ihn trösten.

Später lagen sie ihm Bett, klammerten sich wie zwei Versinkende aneinander, und warteten, bis sich ihre gehetzten Gedanken zu sinnvollen Sätzen ordnen würden.

Sie konnte sehen, dass ihn seine immense Anständigkeit umbrachte. In seinem Bemühen, sich in alle Richtungen korrekt zu verhalten, in seiner übertriebenen Empfindsamkeit, mit der er sich in das Innenleben anderer hineindachte und letztlich nur sich selbst leidtat, manövrierte er sich in eine Entschlusslosigkeit, die niemandem diente. Sie musste sich eingestehen, dass er sich nie wirklich von Brigitte gelöst hatte, dass sie noch immer Macht über ihn besaß und auch gewillt war, diese mit allen Mitteln zu verteidigen.

Sie spürte Mitleid aufkommen, sie wollte es nicht, sie wusste, dass es das Ende wäre.

»Du musst dich entscheiden«, sagte sie, so rücksichtsvoll wie möglich.

Er setzte sich auf.

»Nein, muss ich nicht«, sagte er tapfer. »Weißt du auch warum? Ich habe mich schon entschieden. Ich liebe dich, Isi. Ich will mir dir zusammen sein. Mit dir und unserem Kind. Ich möchte, dass du nicht daran zweifelst.«

»Aber?«

Er machte ein betroffenes Gesicht.

»Ich kann mich nicht so aufführen, als sei nichts geschehen. Wenn Brigitte sich etwas antut ...« Er stockte. »Ich könnte das nicht ertragen.«

»Was willst du? Dass du dein Leben lang von ihr gestalkt wirst? Hör auf, dich anzulügen. Sie gehört in die Psychiatrie.«

»Ich werd dafür sorgen, dass sie sich in Behandlung begibt.«

»Versprich's mir.«

»Ich will dich nicht verlieren, Isi.«

»Ich dich auch nicht, Achim.«

Er war eingeschlafen, schnarchte vor sich hin, als sie noch lange das verzogene Viereck betrachtete, das von einer Straßenlaterne an die Decke geworfen wurde.

Die Vernissage war kein spektakulärer Erfolg gewesen, aber es war besser gelaufen, als Isabella zuletzt angenommen hatte. Zwar verkaufte sie nur drei Bilder, doch das Interesse hielt an. Die hohen Preise hatten wohl einige abgeschreckt.

Am frühen Morgen hatte sie einen Anruf des Künstlers erhalten, er sei krank und könne nicht zur Eröffnung kommen. Sie fuhr gleich zum Atelier. Er lag tatsächlich im Bett, einen Wollschal um den Hals gewickelt, hatte hohes Fieber und jammerte über Kopfschmerzen. Sie kochte ihm Tee, rannte zur Apotheke, besorgte eine ganze Ladung an Medikamenten, die ihn auch nicht auf die Beine bringen würden. Er wollte bemuttert werden, aber sie war ärgerlich und warf ihm vor, die Grippe sei die logische Konsequenz seines destruktiven Gehabens.

Nachher hatte sie ein schlechtes Gewissen, und sie schrieb ihm eine SMS mit Besserungswünschen. Sie hatte zu spät daran gedacht, ihm ihr Heilwasser zu verabreichen. Sie bezweifelte allerdings, dass er überhaupt geheilt werden wollte.

Am Abend versammelte sich die übliche Gesellschaft. Der berühmte Autor, den sie aufgeboten hatte, war schon weit in den Achtzigern und zufrieden, dass er noch gebraucht wurde. Er sprach etwas zu lang, weil er zwischendurch zu seinen bekannten Lieblingsthemen abwanderte, formulierte aber schöne Sätze über den Künstler, die auch für ihn selbst hätten gelten können. Nachdem er ein paar Hände geschüttelt und ihr ein paar Nettigkeiten ins Ohr geflüstert hatte, verschwand er schnell, weil er, wie jeder wusste, seine zwölf Stunden Schlaf benötigte.

Geiger war mit Julia López gekommen. Isabella war angetan, und sie hätte sich gern mit ihr unterhalten. Sie musste sich statt dessen um ihren scheuen Kunstsammler kümmern, der nachdenklich vor einem Bild verharrte und sich nicht entscheiden konnte, ob es ihm gefallen sollte oder nicht. Sie lernte auch seine resolute Gattin kennen, die sich abfällig äußerte, ohne jeden Kunstverstand. Isabella musste sich beherrschen, um sie nicht zu brüskieren.

Rimbach bewies sich als echter Freund. Er war als einer der ersten erschienen, und sie hatte ihm verbieten müssen, bereits im Vorhinein sämtliche Häppchen zu vertilgen, anstelle des Weines, den er früher weggetrunken hatte. Er trug Geigers Jackett und war absolut vorzeigbar. Später spazierte er von Grüppchen zu Grüppchen, lobpries die Bilder über die Maßen und verunsicherte auch einen verdienten Kunstkritiker, der sich zu fragen begann, ob er seinen geplanten Verriss nicht überdenken sollte.

Winkler ließ sich erst blicken, als die meisten Besucher die Galerie verlassen hatten. Isabella wusste, dass Brigittes Mutter aus dem Norden angereist war, um ihre Tochter nach Hause zu holen. Er gab ihr einen kurzen Lagebericht. Brigitte hatte sich gesträubt, aber mit der Unterstützung eines verständigen Arztes war es gelungen, sie zu bewegen, sich zumindest für ein paar Wochen in die elterliche Obhut zu begeben. Er war erleichtert, wenn er auch verwinden musste, dass sie ihm zum Abschied noch schnell vorgeworfen hatte, sie wie einen lästigen Hamster ins Tierasyl abzuschieben.

Am Schluss war Hektik aufgekommen, weil Rimbach es nicht unterlassen konnte, Winkler anzupöbeln – wenigstens nur verbal und nicht mit Remplern und Püffen wie in Zeiten seiner alkoholischen Eskapaden.

Rimbach baute sich vor Winkler auf.

»Na, du Würstchen!«, sagte er, so laut, dass es jeder hören konnte. »Nicht rechtzeitig die Notbremse gezogen?«

Winkler reagierte schwach.

»Ich verbitte mir –«

»Ja, du verbittest dir. *Ich* verbitte mir –« Rimbach brach ab, begann zu lachen, tätschelte Winklers Wangen. »Armer Junge, lass dich nicht unterkriegen.«

Das war selbst für Winkler zu viel. Er schlug zurück, unerwartet hart, sodass Rimbachs Lippe blutete.

Isabella, die gerade Gäste verabschiedete, schritt energisch ein, erteilte Rimbach ewiges Galerieverbot und schickte Winkler zum Cool-down in ihr Büro.

Als sich die Szene beruhigt hatte, näherte sich ihr Lejeune, bereits in Mantel und Pelzmütze. Sie hatte ein paarmal seinen Blick aufgefangen, aber er war nie bis zu ihr durchgedrungen.

»Chère Isabelle.«

»Sie sind ja immer noch da.«

»Wer war das?«

»Sie meinen Rimbo? Ein Schulfreund von Marcel. Leider ein Rüpel.«

Er sah sie mit seinen schwermütigen Augen an.

»Er war neulich im Laden, interessierte sich für Ikonen. Ich bin sicher, dass ich ihn kenne. Aber ich kann ihn nicht placieren.«

Die Villa ächzt.
Die Villa stöhnt.

Sind es die Mägde,
die im Gebälk aufbegehren
gegen die Herrschaft?

»Elsi, wenn Sie die Fenster haben,
polieren Sie das Silber.«
Heute würde man »bitte« sagen,
aber das ändert wenig am Set-up.

Noch hält die Villa stand.
In ihren Träumen hört sie
die Bagger anrücken.
Sie wird geschrottet werden
und in Parzellen auferstehen.

TR

Nach einer halben Stunde vor dem Laptop, ohne eine Taste berührt zu haben, gelang es Geiger, sich endlich loszureißen. Er legte sich auf die Couch, die noch immer seine Lagerstatt war. Isabella hatte seit Wochen nicht mehr ihr Bett aufgesucht, aber sie beanspruchte weiterhin ihr Schlafzimmer. Weiblicher Gerechtigkeitssinn. Von Bedeutung war es nicht mehr. Er hatte seinen Flug nach Tenerife Sur gebucht, in drei Wochen würde er in Adeje auf der Terrasse seines gemieteten Apartments sitzen und schon vormittags Sherry trinken.

Er beschloss, die Arbeit an seinem Roman – oder seinem »Text«, was nicht so einschüchternd klang – so lange zu unterbrechen. Ohnehin fühlte es sich sonderbar an, seine Mutter zu fiktionalisieren, wie das heute hieß, während sie – nach verschiedenen spukartigen Vorfällen, vornehmlich durchbrennenden Sicherungen, zu schließen – noch herumgeisterte und ihrem undankbaren Sohn beim Schreiben über die Schulter sah, entsetzt oder betrübt über das, was sie da lesen musste, alles ganz anders erlebt hatte und ihm Richtigstellungen einflüsterte, die er höchstens als ein sanftes Rauschen in seinen Ohren wahrnahm.

Vielleicht sollte er sich zum sportlichen Aufwärmen etwas Unverfänglicherem zuwenden, einem bestimmten Genre, um in dessen Grenzen zu brillieren. Zum Beispiel dieser Geschichte um den einfältigen Ambrosius, der – so der letzte Stand – auf der Suche nach dem mysteriösen Jugendfreund seiner Mutter halb verdurstet in ein Höhlenlabyrinth in der Mojave-Wüste verschleppt wurde. Dort lagerte er in einer dunklen Ecke auf einer dreckigen Matte, im aufgezwungenen Peyote-Rausch, von seinen paranoiden Bewachern verdächtigt, ein CIA-Agent zu sein, kriegte ab und zu ein Stück Tortilla und einen Schluck Wasser, ein paar Tritte einbegriffen, und beobachtete mit steigendem Horror das wahnwitzige Treiben um ihn herum, welches überwacht wurde von einem allmächtigen zerfurchten Sektenführer mit vergilbten zusammengeknoteten Haaren, der sein Vater sein konnte oder auch nicht. Alles schien auf einen Ritualmord hinauszulaufen.

Es klingelte an der Wohnungstür.

Julia López lachte ihn aus.

»Schau mich nicht so entgeistert an.«

»Dich habe ich zuletzt erwartet.«

Sie trat in den Korridor.

»Wo ist sie?«

Sie meinte die Madonna. Er hatte ihr von den heilenden Tränen erzählt, als sie sich Sorgen um ihren Vater machte, der Probleme mit der Makula hatte, was allmählich zur Blindheit führen konnte. Sie hatte ihm aufmerksam zugehört, hatte sachliche Fragen gestellt, ohne große Verwunderung oder Zweifel zu äußern, war durchaus offen gewesen und hatte nur gestaunt, warum er ihr eine so einschneidende Begebenheit verschwiegen hatte.

So war es auch jetzt. Sie näherte sich gespannt der Ikone, besah sich die vereinzelte Träne, die sich wie zur Demonstration im linken Auge bildete, einen Moment hängenblieb, bevor sie zögerlich über das Bild rutschte, um sich in der Wanne zu verlieren.

Sie verweilte in andächtiger Stille.

»Was denkst du?«

»Ich habe sie etwas gefragt.«

»Was?«

»Das sage ich dir nicht.«

»Und hat sie geantwortet?«

»Ich glaube ja.«

»Du glaubst?«

»Sie sagt, dass ich die Antwort schon weiß.«

Anschließend saßen sie in der Küche und tranken in kleinen Schlucken Tränenwasser. Geiger hatte vor ein paar Tagen wieder damit angefangen, nachdem es ihm lästig geworden war. Es stellte sich kein unvernünftiges Glücklichsein mehr ein, wie beim ersten Mal, aber er hatte den Eindruck, ausgeglichener zu werden. Vielleicht keine so gute Voraussetzung für das Schreiben.

Julia tippte eine Nachricht in ihr Handy.

»Besuchst du mich in Teneriffa?«, fragte er.

»Ich kann nicht«, sagte sie, ohne aufzusehen. »Im Mai habe ich meine Promotion.«

»Und nachher?«

»Muss ich erst mal nach Hause.«

»Dann bist du schon auf halber Strecke.«

»Stimmt.«

Ende.

Er wollte nicht ungeduldig sein. Aber die Zeit lief ihm davon. Er hätte sich ein klares Statement gewünscht. Ja, ich liebe dich, ich folge dir überallhin. Sie schien einen inneren Widerstand zu haben, sich zu ihm zu bekennen. Natürlich konnte er nicht von ihr verlangen, dass sie alles aufgab, um an seiner Seite als Schriftstellerfrau ihre Erfüllung zu finden. Das bedingte zumindest einen Heiratsantrag, und auch das würde sie nicht daran hindern, ihre eigenen Ziele zu verfolgen. Welche das waren, wusste er nicht. Und er bezweifelte, dass sie es wusste.

Felicity war plötzlich unter dem Tisch, rieb sich ohne Scheu an Julias Beinen. Geiger fand es auf schamlose Weise anbiedernd, ein Verrat an Isabella, von welcher die Katze allerdings, wie er zugeben musste, schnöde vernachlässigt wurde.

»Ist sie das?«, fragte Julia.

Er nickte.

»Willst du eine Führung durch die Wohnung?«

Isabella bemerkte gleich die Veränderung. Die Decken waren wieder geglättet, die Kissen zurechtgeklopft, aber nicht so sorgfältig, wie sie es getan hätte.

Sie waren in der Haustür zusammengestoßen. Nach der ersten Verlegenheit versicherte ihr Julia López, wie sehr ihr die Vernissage gefallen hatte, während Isabella bedauerte, dass sie so schnell gegangen waren.

»Ich wollte sehen, wo er wohnt«, sagte Julia, als sie schon auf der Straße stand.

»Ich hole nur ein paar Sachen«, sagte Isabella, völlig unnötig. Sie ärgerte sich, dass es sich wie eine Entschuldigung anhörte.

Geiger sah sich ein Fußballspiel an.

Felicity döste neben ihm auf der Couch. Sie bemühte sich nicht mehr zur Wohnungstür, wenn Isabella nach Hause kam. So weit war es schon.

»Hörst du mir einen Moment zu?«

»Gleich ist Halbzeit«, sagte er, ohne aufzublicken.

Er versuchte, sich auf das Spiel zu konzentrieren. Ihre Nähe störte ihn. Es war absehbar, dass der FC Bayern gewinnen würde, insofern konnte er auch ausschalten. Hingegen sah er nicht ein, warum irgendein Anliegen oder eine Beschwerde ihrerseits Vorrang haben sollte.

Der Rundgang durch die Wohnung hatte im Schlafzimmer geendet. Nicht einmal absichtsvoll, es hatte sich so ergeben. Julia hatte es wohl so aufgefasst. Felicity sprang aus ihren Armen auf das Bett, behauptete ihre Liegewiese. Er packte sie, setzte sie vor die Tür. Als er sich umdrehte, saß Julia am Bettrand und zog ihre Stiefel aus.

Er war nicht bei der Sache gewesen. Er musste an Isabella denken. Sie konnte jederzeit hereinplatzen. Er hätte abschließen sollen. Zum ersten Mal hatte er das Gefühl, dass er sie betrog. Weil er das Bett ihrer gemeinsamen Jahre entweihte. Es war krank, er wusste es, aber er konnte sich nicht davon befreien.

»Tut mir leid«, sagte Julia. »Ich konnte mich nicht entspannen.«

»Nein, es ist meine Schuld«, sagte er. »Ich habe zu viel im Kopf.«

»Ich muss los, ich bin verabredet.«

»Mit wem?«

»Kennst du nicht.«

Er sah zu, wie sie sich ankleidete. Sie verbarg etwas vor

ihm. Vielleicht traf sie sich mit Holzer. Der war noch nicht aus dem Spiel, er hatte so eine Ahnung.

»Wir sollten heiraten«, sagte er.

Sie lachte.

»Warum lachst du?«

»Überleg's dir gut.«

Falls es ein Antrag sein sollte, war es gründlich danebengegangen.

Geiger erwartete, dass Isabella ihm Vorhaltungen machen würde. Sie finde es geschmacklos, dass sie sich zum Vögeln ihr Bett aussuchten. In dieser Richtung.

»Wir verbleiben wir mit der Wohnung?«, fragte sie.

Das ungelöste Problem. Sie wollte mit Winkler in die Wohnung ziehen und hier ihr Kind kriegen. Frau Werth hatte sie zu einer Hausgeburt überredet. Er sollte sein Arbeitszimmer behalten, war jederzeit willkommen. Sie würden auch den Großteil der Miete übernehmen. Wenn er zurückwollte, würden sie sich intensiv um eine Wohnung bemühen. Das klang vernünftig, aber es passte ihm nicht. Die Vorstellung, beim Frühstück auf Winkler zu treffen, bereitete ihm Übelkeit, ganz abgesehen von dem unausweichlichen Kindergeschrei.

»Warum ziehst du nicht zu ihm?«

Isabella kannte das Argument. Achim hatte ihr dasselbe angetragen. Es gab keinen rationalen Grund, sich dagegen zu sperren. Gewiss, die Wohnung hier war größer und sonniger, sie lag in Schwabing, sie hätte das Quartier wechseln müssen. Neuhausen war ihr noch immer fremd. Doch vor allem war es *ihre* Wohnung. Sie wollte sich nicht in eine Abhängigkeit begeben, wollte im Fall einer Trennung nicht ausziehen müssen. Rechnete sie bereits mit einem Scheitern der Beziehung? Bestimmt nicht, aber sie brauchte diese Sicherheit.

»Eines dieser Angebote, die man nicht ablehnen kann«, meinte er resigniert.

»Ich bin nicht die Mafia.«

»Nur eine Sympathisantin.«

Er holte ein Bier aus der Küche. Als er zurückkam, hatte sie sich auf die Couch gesetzt.

»Was sagt Achim zur Ikone?«, fragte er.

»Willst du sie hier lassen?«

»Ich kann sie schlecht mitnehmen.«

»Wie ich ihn kenne, wird er sie in ihre Bestandteile zerlegen.«

Die Halbzeit war vorbei. Er drehte den Ton auf. Sie interessierte sich nicht für Fußball, aber wenn sie sich darauf einließ, konnte es eine Weile spannend sein.

»Wie in alten Zeiten«, sagte er, lächelte etwas tölpelhaft.

Sie streichelte die Katze, die sich gnädig zu einem Schnurren bereitfand.

»Tempi passati«, sagte sie.

Ihre Mutter hatte es ausgesprochen, als sie alte Fotos in kleine Stücke zerriss, die sie in einer Schachtel gefunden hatte. Sie hatte sich zur Geburt angemeldet. Isabella musste es ihr unbedingt ausreden.

Zwei Tage später erhielt Geiger einen Anruf von Holzer. Er wollte auflegen.

»Ich rufe als Journalist an«, sagte Holzer.

Er sagte nicht »Tschurnalist«, wie es eine sich epidemisch ausbreitende Unsitte wollte, weshalb Geiger ihm überhaupt zuhörte.

»Ich möchte ein Projekt vorschlagen.«

»Schießen Sie los.«

»Kann ich vorbeikommen?«

»Eigentlich nicht.«

Geiger verabredete sich in einem Café am Kurfürstenplatz. Holzer saß schon da, als er das Lokal betrat. Er trug das gewohnte Sakko mit den Ärmelpatches, hatte einen Fünftagebart, schien aber nüchtern zu sein. Er spielte nervös mit einer leeren Espressotasse.

»Was trinken Sie?«

»Einen Rotwein.«

Holzer bestellte zwei Montepulciano.

»Ich glaube, ich sollte mich für meinen Auftritt entschuldigen«, sagte er.

»Das wäre förderlich«, sagte Geiger.

»Kommt nicht wieder vor.«

»Ich bin gerührt.«

Sie warteten, bis die Bedienung die Weingläser hingestellt hatte. Holzer nahm einen kräftigen Schluck.

»Weint die Madonna fleißig?«, erkundigte er sich.

»Sie hat's Ihnen erzählt.«

Er hätte es sich denken können. Er hatte es versäumt, Julia ein Schweigegelübde abzunehmen. Trotzdem war er enttäuscht. Warum gerade Holzer? Warum dieses Vertrauensverhältnis? Welche Macht hatte er über sie?

Holzer trug sein Projekt vor. Er wolle einen großen Artikel über »das Wunder« schreiben. Er nannte ein Nachrichtenmagazin, dessen Redakteure offenbar heiß darauf waren, von ihm bedient zu werden. Nur Fakten wollte er liefern, einschließlich wissenschaftlicher Untersuchung und kirchlicher Expertise. Ein garantierter Scoop. Weil die Madonna nicht in Süditalien oder Brasilien weinte, sondern mitten unter uns. Auch eine Fernsehdokumentation sei ins Auge gefasst. Natürlich wäre Geiger an den Einkünften beteiligt.

»Sie sollten ihr nicht alles glauben«, sagte Geiger.

Holzer schüttelte den Kopf.

Er verstehe, dass Geiger vor dem Medienhype zurückschrecke, fuhr er unbeirrt fort. Die Story werde so oder so an die Öffentlichkeit gelangen. Deshalb sei es angezeigt, die Vermarktung selbst in die Hand zu nehmen, bevor es andere machten.

Geiger wusste nicht, wie er sich verhalten sollte. Seine Position war denkbar schlecht. Und Holzer war nur der Anfang. Der Schutzwall war durchlässig geworden. Es musste etwas geschehen. Aber nicht auf diese Weise.

»Sie wollen mich als Betrüger hochgehen lassen. Stimmt's?«

»Nur wenn Sie einer sind.«

»Glauben Sie ernsthaft –«

»Nein.«

»Was wollen Sie? Geld?«

Holzer bestellte einen zweiten Wein. Geiger hatte sein Glas nicht angerührt.

»Sie haben keine Chance bei ihr«, sagte Holzer.

Geiger wartete.

»Hat sie Ihnen gebeichtet, dass sie mit fünfzehn von einem Freund der Familie vergewaltigt wurde? Nein, natürlich nicht. Vielleicht war's auch ein Onkel. Sie widerspricht sich gelegentlich. Sie müsste in Therapie. Aber sie hat sich nie geoutet.«

Außer bei Holzer, dachte Geiger.

Er war schockiert, weniger über die Tatsache der Vergewaltigung, diese schrecklichen Dinge passierten, man musste damit leben, sondern weil Julia ihn wie einen Idioten aussehen ließ.

»Stimmt das?«, fragte er hilflos.

Holzer zeigte sein weltmüdes Lächeln.

»Sie wird sich immer für einen kaputten Typen wie mich entscheiden.«

Geiger sah sich nach der Bedienung um.

»Ich mach das schon«, sagte Holzer.

Geiger hatte zur Abschiedsparty geladen. Der Kreis der Gäste war vertraut und umfasste ausschließlich Mitwisser des hauseigenen Wunders.

Die Ankommenden hatten als Erstes einen Blick ins Badezimmer geworfen und sich überzeugen können, dass die Madonna ihren Tränenoutput wieder angehoben hatte. Auch der Rosenduft war stärker geworden.

Winkler war außer sich. Isabella hatte ihn vorsorglich darauf hingewiesen, was ihm bevorstand. Sie hatten auf der Hinfahrt gestritten, ziemlich heftig und völlig sinnlos, hatten die übliche Problemverlagerung betrieben, wie es in letzter Zeit häufiger geschah.

Er bemühte sich um Wissenschaftlichkeit, wischte mit dem Ärmel die Feuchtigkeit vom frommen Antlitz, murmelte etwas von Kondenswasser, blickte misstrauisch an die Decke, besorgte sich von Geiger eine Lupe und überprüfte akribisch die Farbgebung, die Fugen der Ikone, die Holzstruktur, horchte, Ruhe gebietend, dem Klang seines Abklopfens nach, verlor zuletzt die Fassung und schüttelte die Tafel, ohne den erlösenden Aha-Moment zu finden.

»Ich lass sie im Institut untersuchen«, sagte er.

Isabella entriss sie ihm und hängte sie zurück.

»Nichts wird untersucht«, sagte sie.

Rimbach, der seine Bomberjacke trug, hatte Tante Lilli mitgebracht. Anfänglich hatte sie noch Bedenken, ob sie nicht ausersehen war, zum Partygespött zu werden, ergab sich jedoch schnell und erleichtert der Evidenz des Geschehens. Sie lachte, erst ungläubig, dann begeistert, klatschte sogar in die Hände.

Rimbach war stolz, als sei er der Urheber der Performance.

»Das wird mir Elli nie glauben«, rief sie aus.

Tante Elli hatte sich eigensinnig geweigert, die lange Busfahrt in die Stadt anzutreten, um eine angeblich weinende Madonna zu besichtigen. Rimbach hatte bei ihr zu viel Vertrauen verspielt.

Frau Werth und Herr Anderson kamen gemeinsam. Sie duzten sich, und sie hatten ein Geschenk dabei: eine kleine Steckdosenheizung, mit der Geiger an kühlen Abenden sein kanarisches Apartment aufwärmen konnte. Hinter ihnen war überraschend Milli die Stufen hochgehopst und strebte schnurstracks in die Küche.

Ivanka verteilte am Küchentisch Getränke und Snacks. Aperol Spritz, wer wollte, Weißwein oder Orangensaft, Lachs- und Quarkbrötchen, kleine Salate, später sollte es Chili sin Carne geben. Sie erzählte jedem und jeder, die Bronchitis ihres Mannes sei geheilt und ihre Kreuzschmerzen seien viel besser geworden, der Jungfrau sei Dank. Und zum Beweis machte sie ein paar Tanzschritte zum Disco-Sound, den Isabella ausgewählt hatte.

»Bei der Milli hat's auch gewirkt«, sagte Herr Anderson. »Die lässt sich wieder von jedem Köter beschnuppern. Bei mir, ich weiß nicht. Ich habe das Ablaufdatum wohl überschritten.«

»Das kriegen wir noch hin«, sagte Frau Werth.

»Vor dir verkriecht sich selbst die Arthritis«, sagte er, mit einem Augenzwinkern zu Isabella.

Geiger zog Julia López auf den Küchenbalkon.

»Wie steht's?«, fragte er im Nieselregen.

Er hatte sein Treffen mit Holzer verschwiegen, wollte ihre Beziehung nicht belasten. Wenn sie nicht bereit war, sich zu öffnen, nicht wollte, dass er um ihre Verletzung wusste, musste er das respektieren. Man konnte es auch positiv sehen. Dass sie fürchtete, ihn zu verlieren. Zudem bestand die Möglichkeit, dass Holzer die Geschichte erfunden hatte. Zuzutrauen war es ihm.

»Besuchst du mich?«

»Ich kann nicht«, sagte sie und saugte an ihrem Aperol. »Nicht so bald.«

»Und warum, mein Schatz?«

»Ich geh mit Holzer für ein halbes Jahr nach Neuseeland. Er hat einen Auftrag an Land gezogen. Ein Buch über die Maori.«

»Neues Projekt?«

»Wie?«

»Was willst du mit ihm? Der Mann ist doch nicht zu retten.«

Und dich rettet er auch nicht, dachte er.

»Er trinkt nicht mehr.«

»Seit gestern?«

Sie hielt besorgt inne.

»Ich habe dir nichts versprochen.«

Hast du nicht, dachte er. Das Versprechen warst *du*.

Er war überrascht, wie ruhig er war. Als hätte alles wieder seine Ordnung.

Sie legte ihre Hand auf seinen Arm.

»Vielleicht komm ich im Herbst«, sagte sie.

»Ach, Scheiße.«

Als er die Balkontür aufstieß, fing er einen Blick von Isabella auf.

Sie weiß es schon, dachte er.

Er verzog sich in sein Arbeitszimmer, wo Mäntel und Jacken herumlagen, schloss die Tür, riss das Fenster auf. Plötzlich bemerkte er, dass Julia unter ihrem roten Regenschirm die Straße überquerte. Sie sah nicht mehr zur Wohnung hoch.

Frau Werth war dabei, die Party in eine Therapiestunde umzuwandeln. Sie saß auf der Couch, hatte Isabella an ihre Seite beordert, die übrigen Anwesenden um sich gruppiert, und wollte nun der Reihe nach wissen, welche Erfahrungen sie mit der Anwendung des Tränenwassers gemacht hatten.

Eine Karaffe mit dem grünlichen Elixier stand auf dem Glastischchen, und wer wollte, konnte sich bedienen.

»Ihr trinkt das Zeug?«, empörte sich Winkler, der sich neben Isabella auf dem Teppich niedergelassen hatte, und konnte die Absonderlichkeit nicht fassen.

»Unseren Pets scheint's zu bekommen«, meinte Herr Anderson und deutete in die Zimmerecke, wo sich Hund und Katze in vorbildlicher Koexistenz auf einer Decke hingestreckt hatten.

»Mit der Feli hat alles angefangen«, sagte Isabella.

»Hätte sie die Pfütze nicht aufgeleckt, wäre sie jetzt mausetot.«

»Das ist nicht erwiesen, Isi«, mahnte Winkler.

»Was? Dass sie lebt?«, stichelte Geiger.

Tante Lilli hob zaghaft die Hand.

»Also mein Knie war gleich schmerzfrei«, sagte sie und hob ihren Rock etwas an, um den Körperteil zur Besichtigung freizugeben.

»Kann ich bezeugen«, sagte Rimbach. Er stand hinter ihrem Sessel, hielt ein Weinglas in der Hand.

»Ist das Wein?«, fragte Tante Lilli, die sich umgedreht hatte. »Trinkst du wieder?«

»Nur zur Gesellschaft«, beschwichtigte er sie, schwenkte das Glas in die Runde. »Ich betrachte mich als kollaterales Opfer.«

Ivanka war hereingekommen und sammelte die geleerten Speiseschälchen ein.

»Kreuz viel besser«, wiederholte sie für jene, die es noch nicht begriffen hatten. »Jungfrau sei Dank.«

Sie bewegte kokett ihre Hüften.

»Setzen Sie sich zu uns, Ivanka«, sagte Frau Werth. »Sie gehören auch dazu.«

»Ich?« Sie verzog den Mund.

Geiger sprang auf, bot ihr seinen Stuhl an, befreite sie auch mit sanftem Zwang von den Schälchen, von denen sie sich nicht trennen wollte.

»Und Sie, Marcel?«, fragte Frau Werth weiter. »Wie ist es Ihnen ergangen?«

Er stellte sich zu Rimbach.

»Nun«, fing er an und holte Atem. »Unser Leben hat

sich dramatisch verändert. Nicht wahr, Isi? Deshalb sitzen wir hier so schön zusammen. Wie ihr wisst, setze ich mich auf die Kanaren ab, um ein Buch zu schreiben. Und so erhebt sich die Frage: Was geschieht mit der Ikone?«

»Hier kann sie nicht bleiben«, sagte Isabella kämpferisch.

»Das besprechen wir gleich«, versprach Frau Werth, die sich die Zügel nicht so leicht entreißen ließ. »Ich meine, liebe Freunde, wir sollten einen Augenblick innehalten und uns fragen –«

»Warum weint sie überhaupt?«, fragte Tante Lilli keck. »Ich meine – ja.«

»Interessante Frage«, lobte Herr Anderson.

Rimbach lachte auf.

»Das braucht man nicht zu fragen«, sagte er. »Schaut euch doch um.«

Er legte los, zählte alles auf, den nach wie vor verharmlosten Klimawandel, die Umweltzerstörung, welche im Namen materieller Zwänge weiter fortschreitet, die damit einhergehenden Krankheiten, die selbstgerechte Herzlosigkeit gegenüber Flüchtlingen, den zynisch auftrumpfenden Faschismus, den arroganten Kapitalismus, welcher sich über das Gesetz stellt und welchem die Regierungen kriecherisch huldigen, nicht zuletzt das hingenommene Elend der Dritten Welt.

»Und Diebe, die Ikonen klauen«, ergänzte Tante Lilli trocken.

Worauf erst einmal gelacht wurde.

Frau Werth brachte den Ernst zurück.

»Herr Rimbach hat nur allzu recht. Jeder Punkt auf seiner Liste wäre Grund genug, um in Tränen auszubrechen. Allerdings glaube ich nicht, dass unsere Madonna deshalb weint.«

»Sondern?«, fragte Rimbach.

»Sie weint über unsere Gleichgültigkeit.«

Alle sahen sich an, als suchten sie jemanden, dem sie das Etikett anheften könnten.

»Eine Offenbarung?«, fragte Geiger neugierig.

»Sehen Sie«, erklärte Frau Werth bereitwillig, »ich war mutlos geworden. Ich hatte das Gefühl, dass ich eine Sisyphusarbeit verrichte. Während ich meine Patienten anleite, zu ihrer inneren Mitte zu finden, gerät um uns herum die Welt aus den Fugen. Ich kam mir wie eine Scharlatanin vor.«

»Eine charmante Scharlatanin«, sagte Herr Anderson, mit einem spitzbübischen Grinsen.

Frau Werth war kurz aus dem Konzept gebracht. Sie wartete, bis sich die Heiterkeit gelegt hatte. Dann drohte sie Herrn Anderson mit dem Zeigefinger.

»Ich will mich kurzfassen, liebe Freunde«, fuhr sie fort. »Ich habe mit der Anwendung der Emulsion bei meinen Patienten überaus beglückende Erfahrungen machen können. Natürlich werde ich mit Fragen bestürmt, was, wie, wo? Und es fällt mir schwer, dieses elitäre Schweigen zu bewahren. Geht es euch nicht auch so? Ich bin inzwischen überzeugt, dass wir den Auftrag haben, auch andere Menschen an dem Wunder, das uns so großzügig beschert wurde, teilhaben zu lassen.«

»Wie denkst du dir das, Anneliese?«, verwahrte sich Isabella, die Hände schützend auf ihren Bauch gelegt. »Indem wir hier eine Wallfahrtsstätte einrichten? Ich habe jetzt wirklich andere Prioritäten.«

Winkler stemmte seinen schlaksigen Körper hoch.

»Komm, Isi, wir gehen«, sagte er. »Das wird mir zu sektenmäßig.«

Frau Werth ignorierte ihn.

»Niemand erwartet von dir, dass du Menschenmassen in deine Wohnung lässt«, sagte sie zu Isabella und nahm ihre Hand. »Wir wären wohl alle damit überfordert.« Sie blickte herum. »Aber wir könnten zum Beispiel ein Video auf YouTube stellen. Kennt sich einer von euch damit aus?«

»Kommst du?«, drängte Winkler.

»Nein, ich bleibe«, sagte Isabella ruhig.

Einen Moment sah es aus, als wollte er sie von der Couch hochreißen.

»Ich nehm den Wagen«, sagte er.

»Okay«, sagte sie. »Dann schlaf ich hier.«

Ein kurzes, bebendes Zögern, dann schritt er hinaus.

»Starker Abgang!«, rief ihm Rimbach nach.

Sie hörten Winkler die Stufen hinabpoltern.

»Ich habe die Autoschlüssel«, sagte Isabella in die Stille hinein.

Es wurde entspannter. Die Gläser wurden nachgefüllt, man schwatzte durcheinander, setzte sich um. Pro und Contra eines YouTube-Videos wurden diskutiert, auch eine andere Idee Frau Werths erwogen, die Herstellung und den Vertrieb homöopathischer Tränen-Globuli zum Selbstkostenpreis. Rimbach war in seinem Element, schlug als Produktnamen »Tears that Heal« vor, wollte ihn gleich patentieren lassen. Alles blieb angenehm unverbindlich und lief auf die vordringliche Frage der Zwischenlagerung der Ikone hinaus.

»Ich sag's nicht gern«, stellte Isabella fest. »Aber unter uns ist einer, der drückt sich vor der Verantwortung.«

Rimbach stierte in sein Weinglas.

»Sorry, Mann«, sagte auch Geiger. »Letztlich bleibt nur die Villa.«

Tante Lilli lehnte strikt ab.

»Das können wir Elli nicht antun.« Sie biss sich auf die Lippe. »Das heißt, wenn alle Stricke reißen, die Dusche im Keller, die benutzt niemand …«

Ivanka, die eine riesige Schüssel mit roter Grütze hereintrug, hatte einen Einfall.

»Warum nicht Kirche geben?«

»Genial!«, schrie Rimbach auf. »Die haben sowieso das Copyright.«

Herr Anderson kicherte leise.

»Sie machen sich falsche Vorstellungen, meine Liebe«, sagte er. »Die setzen erst mal ihre geballte Bürokratie in Bewegung. Die Herren fürchten ein Wunder mehr als den Teufel.«

Es klingelte an der Wohnungstür. Schrill und unheilverkündend.

»Ein Menetekel«, raunte Herr Anderson zu Frau Werth, die seine Hand nahm.

»Alles ist gut, Jan«, flüsterte sie.

»Hast du noch wen eingeladen?«, fragte Geiger.

Isabella lächelte unschuldig.

»Rimbo, machst du bitte auf?«

Lejeune stand vor der Tür, einen bescheidenen Blumenstrauß in der Hand. Er erkannte gleich den Mann mit der Bomberjacke.

Isabella trat aus dem Wohnzimmer.

»Mein Gott! Isabelle! Das ist er!«, rief Lejeune aufgeregt und stürzte auf sie zu. »Der Räuber! Ich hab's gewusst! Rufen Sie die Polizei!«

»Darf ich bekannt machen? Herr Rimbach«, sagte sie gelassen. »Herr Lejeune. Aber ich glaube, die Herren kennen sich bereits.«

Lejeune drehte sich um.

Rimbach verbeugte sich leicht. Er hatte sich schnell gefasst und versuchte, sich mit Eleganz aus der Affäre zu ziehen.

»Ganz meinerseits«, sagte er. »Muss ein Blackout gewesen sein. Sie verstehen schon. Ich plädiere auf mildernde Umstände.«

Lejeune war verwirrt.

»Wo ist sie?«, fragte er Isabella.

»Im Badezimmer.«

»Im Badezimmer?«

Sie nahm ihm den zerknüllten Blumenstrauß ab, öffnete die Badezimmertür, machte das Licht an.

»Sie erwartet eine kleine Überraschung«, sagte sie vorsichtig.

»Ist sie beschädigt?«

»Nein, schlimmer. Sie weint.«

»Wie bitte?«

Sie ließ ihm den Vortritt.

Ein leises »Oh là là« war zu vernehmen.

Er kam mit der Ikone zurück, zog mit dem Zeigefinger die getrocknete Tränenspur nach.

»Isabelle? Was ist das?«

Sie begriff es erst allmählich.

Die Madonna hatte aufgehört zu weinen.

Der Alte sprach's beim Chillen:
Du brauchst dich nicht zu plagen,
du hast den freien Willen,
das Ganze abzusagen.

Erst freust du dich unbändig,
dir mangelt jede Schwere.
Doch irgendwie inwendig
ist eine große Leere.

Du kommst nicht von der Stelle,
du kannst es nicht erzwingen,
schaffst einfach nicht die Schwelle
zu heiterem Gelingen.

Der Alte sprach's beim Grillen
und lächelte ganz eigen:
Du hast den freien Willen,
den Gipfel zu besteigen.

TR

Es war ein sonniger Aprilmorgen, an den Sträuchern im Englischen Garten sprossen die ersten Blätter und in Isabellas Bauch spross das Baby. Die Tatsache war nicht mehr zu übersehen.

An der Münchner Freiheit, im pilzartigen Busbahnhof, erspähte sie Rimbach, der in den Untergrund abtauchen wollte. Um vor ihr auszureißen?

»Rimbo!«, rief sie.

Er lief auf sie zu, umarmte sie lange.

»Alles okay?«, fragte er.

Das Zusammentreffen war magisch. Isabella hatte beim Duschen an ihn gedacht, und ein paar Stunden später lief er ihr über den Weg.

»Wir gehen zu Lejeune«, sagte sie.

»Lejeune?« Er suchte nach Ausflüchten. »Ich muss arbeiten.«

»Wie das?«

»Ich schreibe ein Drehbuch.«

»Das kann warten.«

Sie hatte in der Nacht von Lejeune geträumt. Er kniete in seinem Laden vor der aufgebauten Ikone, fing in einer mit magischen Symbolen verzierten Schale die jungfräulichen Tränen auf. Als der Kelch voll war – inzwischen war es ein funkelnder Kelch –, erhob er sich, wandte sich zu ihr, um ihr den Trank darzureichen. Sie gewahrte mit Abscheu, dass es Blut war – und erwachte.

Nach der nächtlichen Übergabe hatte sich Lejeune bald verabschiedet. Dass die Madonna geweint hatte, schien ihn weder zu wundern noch besonders zu erschüttern. Er wollte auch den Täter nicht mehr zur Rechenschaft ziehen, sondern so schnell wie möglich mit seiner wiedergefundenen Angebetenen allein sein.

Sie hatten noch eine Weile diskutiert. Die Fragestellung hatte sich verschoben, von *warum sie weinte*, zu *warum sie nicht mehr weinte*. Spekuliert wurde dies und jenes, aber grundsätzlich waren alle erleichtert gewesen, dass eine so verpflichtende Aufgabe von ihren Schultern gehoben wurde. Außer vielleicht Ivanka, die ihr Medjugorje davonschwimmen sah. Rimbach hatte zur Feier seiner »Entkriminalisierung«, wie er es nannte, ein paar Gläser Wein getrunken und war besorgt, weil es ihm trotz gutem Vorsatz nicht gelingen wollte, sich zu berauschen. Beim Aufbruch hatte sich Frau Werth bereit erklärt, die beiden verbliebenen Kanister zu übernehmen, mit dem Versprechen, sie für alle zugänglich zu halten.

Unterwegs erzählte Isabella ihren Traum.

»Du bist doch ein Poet«, sagte sie. »Versuch mal eine Deutung.«

»Klare Sache«, antwortete Rimbach. »Du hast den Gral verschmäht.«

»Du meinst, ich hätte das Blut trinken sollen?«

»Was fragst du mich? Es ist dein Traum.«

Die Ikone war ins Schaufenster gestellt. Die Tränenspur war nicht ausgebessert worden und deutlich zu erkennen. Davor ein kleines Schild: *Unverkäuflich*.

Lejeune kam an die Tür, sichtlich bewegt. Er küsste Isabella mit französischer Delikatesse mehrmals auf beide Wangen und schüttelte Rimbach wie einem alten Kampfgefährten die Hand. Er bat sie an seinen Schreibtisch.

»Ich glaube, Herr Rimbach möchte sich bei Ihnen entschuldigen«, sagte Isabella fröhlich.

Gemeines Biest, dachte Rimbach. Abgesprochen war das nicht.

Lejeune ließ ihn nicht zu Wort kommen.

»Sie waren nur ein Instrument.«

Isabella und Rimbach sahen sich an.

»Das schreit nach einer Erklärung«, sagte Rimbach.

Lejeune spielte mit einem silbernen Brieföffner in der Form eines orientalischen Dolches, stach sich mit der Scheide wiederholt in die linke Handfläche, ohne sich dessen bewusst zu sein.

»Also gut, Sie sollen es erfahren«, sagte er. »Sie werden die Ersten und die Letzten sein. Außer meinem tatterigen Beichtvater natürlich, und der hatte vergessen, die Batterien in seinem Hörgerät auszutauschen. Ich hoffe, Sie lassen Diskretion walten.«

»Selbstverständlich«, versicherte Isabella.

Er habe, setzte er an, als junger Mann einen vermögenden Kunden betrogen, habe ihm für teures Geld eine angeblich byzantinische Ikone aus dem 13. Jahrhundert verkauft, obwohl es sich mit ziemlicher Sicherheit um eine Fälschung handelte. Es habe keine Untersuchung veranlasst, um nicht in Gewissenskonflikte zu geraten. Diese stellten sich dennoch ein und verfolgten ihn für eine Weile, bis er die Episode verdrängte. Mit dem Diebstahl habe ihn die

Madonna aufgerüttelt und ihn an sein Vergehen erinnert. Erst vor kurzem, auf dem nächtlichen Gang zur Toilette, sei es ihm siedendheiß eingefallen, sodass an Schlaf nicht mehr zu denken war. Doch er habe Buße getan, sie habe ihm verziehen und sei zu ihm zurückgekehrt.

Isabella wollte keinen religiösen Disput, aber sie empfand die Geschichte als eine Zumutung.

»Robert, ich bitte Sie«, sagte sie. »Und deshalb hat sie uns in Geiselhaft genommen?«

Lejeune musste über so viel Unverstand lächeln.

»Sie hat Ihnen eine Wohltat erwiesen«, sagte er beschwörend. »Es war bestimmt kein Zufall, dass wir uns in der U-Bahn getroffen haben. Sie erinnern sich? Mit dem Kätzchen. Sie waren immer freundlich zu mir, Isabelle. Sie sind ein guter Mensch.«

»Sie müssen ein sehr persönliches Verhältnis zu ihr haben«, sagte sie.

»Das haben Sie auch.«

Rimbach fand die Sprache wieder.

»Eine Frage, Monsieur Lejeune. Ich bin gerade etwas schwer von Begriff. Mother Mary hat *mich* zum Ikonenräuber auserwählt, um *ihr* Gelegenheit zu geben, *Ihnen* eine alte Sünde zu erlassen? Ist das korrekt?«

Lejeune überlegte.

»So ist es.«

»Warum mich Unwürdigen?«

»Wir sollen nicht zu viele Fragen stellen.«

Sie setzten sich in ein Straßencafé, bestellten Eiskaffee. Auf den Stuhllehnen hingen rote Decken, die in der Mittagssonne nicht gebraucht wurden. Zu warm für die Jahreszeit, befanden die Meteorologen.

»Über den Kanaren hängt ein Tief«, sagte Rimbach.

»Da freuen wir uns aber«, sagte Isabella.

Sie hatten von Geiger nichts gehört, außer zwei nichtssagenden Fotos, die er auf WhatsApp verbreitet hatte. Der Ausblick von der Terrasse seines Apartments, wobei zwischen Hausdächern in der Ferne ein Stückchen Meer auszumachen war. Und die Ansicht eines wackligen Gartentisches, auf dem sein aufgeklappter Laptop lag, neben einer halb geleerten Weißweinflasche. Südliches Idyll, nannte er das.

Rimbach war einfühlsam.

»Seid ihr schon umgezogen?«

»Das wird nichts mehr.«

Winkler war in Norddeutschland. Er hatte lange mit Brigittes Mutter telefoniert, und nachher hatte er Isabella mitgeteilt, dass er nach Oldenburg fahre. Brigitte war in einer Krise und verlangte nach ihm. Er wollte nicht, hatte sich eine Verpflichtung einreden lassen.

»Wenn du fährst, kannst du bei ihr bleiben«, hatte Isabella gesagt.

Er hatte solche Absichten vehement bestritten, aber sie machte sich keine Illusionen. Sie spürte, wie sie auseinanderdrifteten. Das würde nicht mehr abzuwenden sein. Er war zu schwach, er litt darunter, verurteilte sich deshalb, schritt mit offenen Augen in sein Verderben. Sie bedauerte ihn nicht.

Sie würde ihr Kind allein aufziehen.

Rimbach wurde feierlich.

»Ich werde immer für dich da sein, Isi. Du weißt es vielleicht nicht, aber ich liebe dich. Ich habe dich immer geliebt, und ich werde dich immer lieben. Den Verlagsjob hätte ich nur wegen dir angenommen.«

»Danke, Rimbo.« Sie konnte ihn einschätzen. »Warum hast du mir nie ein Gedicht gewidmet? Wäre doch ein schöner Zug von dir gewesen. Findest du nicht?«

»Weil du zu schade bist, um als Gedicht herumzuschwirren.«

»Du bist ein Dino.«

Sie beließen es dabei.

»Du schreibst echt ein Drehbuch?«, fragte sie.

»Und zwar gegen Cash.«

Sie wusste nicht, ob sie ihm glauben sollte. Er hatte bei einem Poetry Slam einen rebellischen jungen Regisseur kennengelernt und ihn für einen Film über Arthur Rimbaud begeistert. Nicht über seine Teeniejahre, in denen er ein borderliniger Dichter war, sondern über die Jahre in Afrika, als er versuchte, als Geschäftsmann reich zu werden, und unter anderem in Äthiopien – oder Abessinien, wie es damals hieß – als Waffenhändler unterwegs war. Der Regisseur hatte einen Narren an ihm gefressen. Das Projekt war seriös, er hatte bereits eine Anzahlung erhalten, der deutsche Produzent, ein Wahnsinnstyp, suchte jetzt einen französischen Ko-Produzenten. Ein Recherchetrip nach Äthiopien war angesagt.

»Wie soll der Film heißen?«

»*Flucht aus der Poesie*. Der Arbeitstitel.«

Geiger hatte schlecht geschlafen. Er war früh aus den Federn, stand an der Brüstung seiner Terrasse, eine Kaffeetasse in der Hand.

Der Himmel war bedeckt. Im Osten musste es hell sein, die Sonne war hinter ihm aufgegangen und tastete sich über die Dächer der gegenüberliegenden Apartmenthäuser.

In der Straße war es noch ruhig. An der Ecke lag ein Restaurant, es war laut gewesen bis spät in der Nacht. Musik und Lachen. Betrunkene Touristen waren bis in die Morgenstunden zu hören. Deutsche und Engländer. Er musste sich nach einer anderen Unterkunft umsehen.

Der Kaffee schmeckte nicht. Er hatte im Schrank einen Espressokocher gefunden, doch der genügte nicht seinem Anspruch. Schließlich war er kein Student mehr. Er würde sich in ein Café setzen müssen, um sich seine tägliche Dosis Nervengift abzuholen.

Er versuchte, an seinen Roman zu denken. Irgendetwas sträubte sich in ihm. Es war schon fast ein Ritual. Sobald er sich an den Laptop setzte, erfasste ihn eine unwiderstehliche Müdigkeit, und er musste sich hinlegen. Meistens schlief er ein, und wenn er aufwachte, zog er los, um ein paar Besorgungen zu machen oder schwimmen zu gehen. Er entschuldigte es damit, dass er sich erst akklimatisieren müsse.

Er hatte keine Lust, das Geschriebene durchzusehen. Je öfter er davor saß, umso langweiliger kam es ihm vor. Uninspiriert und bemüht. Bei jedem Satz hatte er das Gefühl, ihn schon tausendmal gelesen zu haben.

Er würde von vorn anfangen müssen. Gnadenlos und unerbittlich.

Er hätte gern mit jemandem gesprochen. Der Holländer von nebenan hatte sich als wenig ergiebig herausgestellt. Ein Frührentner mit politisch zweifelhaften Ansichten, der stolz darauf war, mehrere hunderttausend Euro am Finanzamt vorbeigeschoben zu haben.

Rimbach fehlte ihm. Oder war es Isabella? Mit Winkler war Schluss, sie hatte es auf einen Zettel gekritzelt, als sie ihm ein paar Briefe nachgeschickt hatte. Wie eine Aktennotiz. Was wollte sie ihm mitteilen? Alles wieder gut. Du kannst zurückkommen. Das Baby gedeiht.

Hoffentlich muss ich nicht Pate sein, dachte er.

Julia López hatte ihm eine lange E-Mail geschrieben. Sie hatte Holzer in Neuseeland nach einer Woche verlassen, war allein herumgereist. Atemberaubende Landschaften. Freundliche Menschen. Keine Plastiktüten. Die Kreditkarte war ihr gestohlen worden, sie brauchte Geld für den Rückflug. Eine Bank in Wellington war angegeben. Ob sie ihn in Adeje besuchen dürfe.

Hatte ihr Holzer seine Intrige gestanden?

Immerhin tröstlich, dachte er, dass ich das bessere Übel zu sein scheine.

Jemand pfiff durch die Finger.

Unten winkte der Penner von neulich. Er hatte ihn nicht kommen sehen. Der Mann deutete mit dem Zeigefinger in den Himmel, wie der Johannes des Leonardo, und Geiger antwortete mit der gleichen Geste. Ohne eine besondere Bedeutung hineinzulegen. Darauf zog der Mann davon, mit komisch ausholenden Schritten, als wollte er Groucho Marx imitieren. Beim zweiten Hinsehen war er verschwunden.

Eine merkwürdige Begegnung.

Der Penner hatte ihn ihm Supermarkt angesprochen. Wie einen alten Bekannten. Er holte ein Sixpack von einem Stapel, riss es auf, öffnete eine Dose, trank den Schaum weg.

»An manchen Tagen fällt uns nichts ein.«

Er hatte helle, wache Augen, sprach gutes Deutsch, mit einem fremdartigen Akzent.

Geiger fühlte sich durchschaut.

»Ihnen auch?«, fragte er.

»Da ist 'ne kleine Stärkung gefragt.«

Der Penner bot ihm einen Schluck an, den er übereilig zurückwies.

Wie ein Penner wirkt er nicht, dachte Geiger.

Eher wie ein schräger Vogel. Über einer zerfetzten Jeans trug er völlig unpassend ein feines Kordjackett, jenem ähnlich, das Geiger einst Rimbach vermacht hatte. Auf seinem zerzausten Haupthaar saß ein unförmiger Jägerhut, den er wohl aus einer Mülltonne gefischt hatte. Sein Gesichtshaar schien sich nicht entschließen zu können, ob es sich zu einem Bart auswachsen sollte.

»Mit dem Schreiben ist's eine Krux«, sagte der Penner.

»Sie schreiben?«

»Wir wollen präziser und präziser die Realität beschreiben. Oder was wir darunter verstehen. Aber je präziser wir werden, umso mehr entzieht sie sich uns. Wissen Sie weshalb?«

»Weil uns die Worte fehlen?«

»Genau. Wir hoffen, dem Unsichtbaren auf die Spur zu kommen. Aber das Unsichtbare lässt sich nicht beschreiben. Wenn wir glauben, wir hätten es beschrieben, ist es nicht das Unsichtbare.«

»Wer sind Sie?«

Der Penner stellte die Dose auf den Stapel zurück, tippte an seinen Hut.

»Dann an die Arbeit.«

Und weg war er. In Luft aufgelöst. Geiger hatte sich nur kurz umgedreht, um einer Frau mit Einkaufswagen auszuweichen. Er suchte zwischen den Regalen, konnte ihn nicht mehr finden.

An der Kasse bezahlte er das Sixpack.

Wer war der Mann? Ein Alien?

Er trat in sein Wohnzimmer, setzte sich an den schweren Esstisch, den er an die Wand gerückt hatte, richtete auf dem Laptop eine neue Word-Datei ein.

»Das Ende war der Anfang«, schrieb er. »Und der Anfang war das Ende.«

Sie sagt's mit leichtem Sinn
und hält mich auf Distanz:
Wenn ich dein Schätzchen bin,
bist du mein Firlefanz.

Es ist so ihre Art,
sie lässt dich nicht ins Spiel,
ist leider viel zu smart
und ohne Mitgefühl.

Ich liege nachts im Bett
und suche ein Gedicht.
Vielleicht wird's ein Sonett,
das ihr das Herz zerbricht.

TR

Max Zihlmann
Ikonen weinen nicht
ISBN 978-3-948442-34-7

Umschlaggestaltung: SpieszDesign, Neu-Ulm unter Verwendung von Ikone (© Сергей Бобров), Katze (© Rita Kochmarjova) von stock.adobe.com
Innentypografie: Kadja Gericke
Druck und Bindung: CPI Books GmbH, Leck

FSC www.fsc.org MIX Papier aus verantwortungsvollen Quellen FSC® C083411


www.kiener-verlag.de